당신의 말 한마디에

당신의 말 한마디에

펴 낸 날　2023년 3월 15일 초판 1쇄

지 은 이　금소니, 김시원, 홍주희, 이은미
강경희, 김영미, 장정이, 남채화, 손금례
기　　획　이루미, 권세연
펴 낸 이　박지민
책임편집　김정웅
책임미술　롬디
마 케 팅　박종천, 박지환

펴 낸 곳　모모북스
서울특별시 동대문구 왕산로81, 203-1호(두산베어스 타워)
전화 010-5297-8303　팩스 02-6013-8303
등록번호 2019년 03월 21일 제2019-000010호
e-mail pj1419@naver.com

ISBN 979-11-90408-34-9 03810

• 책값은 뒤표지에 있습니다.
• 잘못된 책은 구매하신 곳에서 교환해드립니다.
• 모모북스에서는 여러분의 소중한 원고를 기다립니다.
투고처: momo14books@naver.com

이루미
권세연
기획

당신의 말 한마디에

금소니
김시원
홍주희
이은미
강경희
김영미
장정이
남채화
손금례
지음

모모북스

프롤로그

이루미(응답하라 3040주부 대표)

그게 뭐라고 말을 못 할까?… 별거 아니란 듯이

말의 힘은 참 셌다. 사람을 이어주기도 끊어지게도 했다. 그토록 강력한 게 있을까? 말 때문에 말 덕분에 이리 되었다고 말하기엔 말은 참 작은 것 같지만 모든 일은 그걸로 시작된다. 코로나 이후 지금은 카톡으로 많은 것들을 하기에 우리는 더욱 말에 마음을 써야 한다. 오프라인에서 나눌 때의 말은 상황이 보이지만 온라인상에서는 그 순간 그 말이 전부일 수 있기 때문이다. 지금은 개인 간의 나눔보다 단체 안의 나눔이 더 많다. 온라인 단체 안에선 소통의 어려움이 있기에 리더와 구성원들은 힘들기도 하다. '공감해달라고, 말해달라고, 누가 이 침묵 좀 깨달라고' 말하고 싶지만 '부담 줄까?, 속 좁다 할까?' 싶어 서로 묵묵히 참아낸다. 별거 아니란 듯이.

대부분의 리더나 구성원들은 그렇게 혼자 버티는 연습을 한다. 외로워도 공허해도 속 좁단 소린 듣지 않을 테고 부담 주지 않을 테니까. 과연 그럴까? 진짜 속 좁고 부담 주는 건 말 한마디에 또는 말 한마디가 부족해 행동으로 옮기는 것이 아닐까? 행동으로 옮기기 전에 상대에게 자신이 느끼는 걸 말로 먼저 잘 전해주기 위해 '비폭력대화' 말 공부를 한 것이다. 비폭력대화는 어떠한 상황에서도 서로가 아프지 않게 마음이 전달되게 하는 대화법이다. 무엇보다 자신이 어떤 마음에서 그 말들을 하게 되었는지 말 이전에 모든 것의 시작 단계를 알 수 있게 한다. 이 책의 1탄인 『우는 말 웃는 말』은 비폭력대화를 꾸준히 배운 사람들이 펼쳐놓은 이야기라면, 지금 이 책은 그 1탄을 보고 말에 대해 쓰고 싶은 사람들이 모여 만든 것이다.

가정, 우정, 사회 안에서 느낀 자신만의 경험 속 언어로 그때 그 순간의 말, 그 영향력에 대해 남기고자 서툴더라도 각자의 글을 세상에 맞춰 많이 깎아내지 않으려 했다. 옳고 그름, 예쁨과 미움, 좋고 싫음은 그 시대 각 경험 속의 느낌이고 기준일 뿐 각자만의 언어가 가장 자기다운 모습이 아닐까? 그 모습으로 평가받기보다는 서로의 입장을 이해하고 마음이 연결되는 기회가 되기를 진심으로 바란다. 존재 자체로 소중한 우리가 언어 하나로 평가받기엔 너무도 아쉬운 일이 아닌가.

이 책은 2022년 12월, 9명의 주부들이 세상에 남겨놓는 말의 흔적이다. 세상에 다양한 사람들이 자신만의 소리로 진짜 자기다운 모습으로 살아갈 수 있게 용기 낸 작가님들을 마음 깊이 응원하고 싶다.

* 감사 인사

관심 어린 마음으로 함께해주신 독자님들, 색색의 9명의 작가님, 비폭력대화를 접하게 해주신 이은미 작가님, 글쓰기 특강을 해주신 이가희 박사님, 출간해주신 박종천 대표님과 출판사 가족들, 편안하게 작업할 수 있게 함께해주신 응답하라 공저팀, 이 모든 분을 있게 해주신 가족들, 이 책이 나올 때까지 알게 모르게 도움을 주신 모든 분께 먼저 깊은 감사의 말씀을 전하며 이 책의 첫 장을 넘겨본다.

추천사

양광모, 시인

말이 神이다. 말이 사람을 살리고, 말이 사람을 죽인다. 말이 사람을 병들게 하고, 말이 사람을 치유한다. 한마디 말이 누군가의 가슴에 꽃이 되고, 누군가의 삶에 햇살이 되고, 누군가의 얼굴에 미소가 될 수 있는데 어째서 우리는 가시와 얼음, 눈물을 주고야 마는 어리석음에서 벗어나지 못하는 걸까? 여기 자신의 삶을 열정적으로 살아가고 있는 아홉 명의 여성이 가정과 직장, 사회에서 경험한 다양한 사례와 그를 통해 깨달은 지혜로운 대화의 방법을 책으로 엮었다. 관계와 말의 문제로 고심하는 모든 사람에게 유용한 길잡이가 되어줄 것이라 믿는다. 꽃처럼 살고 꽃길만 걷기를 원하는 사람아, 그대의 입에서 먼저 향기롭고 아름다운 말을 활짝 꽃피워라.

김상경, 『누가 내 꿈을 훔쳐 갔을까?』 『나는 내가 원하는 삶을 살고 싶다』 저자

회사에 다닐 때 인사할 때마다 안 좋은 것을 콕 꼬집어서 인사를 건네던 동기가 있었다. "머리가 왜 그래?", "신발이 왜 그래?", "옷이 왜 그래?" 인사가 관계를 만들어야 하는데 오히려 관계를 무너뜨리고 있었다. 세상에서 제일 쉬운 것이 말이고, 제일 어려운 것이 말이다. 말로 열 길 물속보다 깊은 사람 속을 들쑤시기 때문이다. 그래서 어려운 관계, 힘든 상황을 풀어주는 칭찬, 격려, 위로의 말은 반드시 배워야 할 숙제다. 이 책이 그 숙제를 풀어줄 것이다.

오연지, 『우는 말 웃는 말』 공동 저자

말의 힘은 강력하다. 어떤 말을 만나는가에 따라 인생이 바뀌기도 한다. 나를 웃고 울게 한 말은 들을 당시에 느낀 감정과 함께 기억에 깊게 각인된다. 타인에게 주는 말을 곱게 다듬고, 타인의 입을 통해 나오는 말도 편견 없이 들어야 하는 이유이다. 말 공부 첫 책 『웃는 말 우는 말』에 이어 두 번째 말 공부 책이 나온다는 소식에 반가웠다. 말의 영향력에 대한 고민을 기록으로 남기고자 용기를 내준 말 편 2탄 작가님들에게 참으로 감사하다. 작은 기록에서 시작된 고운 말의 향기가 사회 곳곳에 번져가기를 간절히 바란다.

목차

당신이 입 밖으로 내뱉은 말 때문에

누군가 상처를 받을 수도 있습니다.

그러나 당신이 내뱉지 않고

삼켜버린 말 때문에

상처를 받는 사람도 있답니다.

-파울로 코엘료, 『마법의 순간』 중에서-

Part 1
금소니

1
가정 안에서

[부모/마음이 우는 말]

"네가 결혼할 때까지는 살아야지."

아버지가 살아계실 때 하신 말이다. 결혼 전 돌아가셨기 때문에 마음이 아픈 건 아니다. 단지 그 당시 아버지의 그 말에 빈말이라도 "오래 사셔야지요."라고 답하지 못한 게 마음 아프다.

이제 와서 고백하자면 그 당시는 두려웠다. 오랜 투병 생활로 병원비가 감당이 안 됐기 때문이다. 도시에서 지방으로 계속 이사를 해야 했고 집에는 쌀이 없었다. 10년의 투병 생활로 아버지가 돌아가시고 나서야 얼어 있던 집의 온도가 올라가기 시작했다.

살아계실 때는 알지 못했다. 돌아가시고 나니 후회되는 일이 한두 개가 아니다. 다행히 나에게는 어머니가 살아계신다. 아버지께 못 해 드린 그 말 한마디. 어머니께는 후회 없이 표현하며 살아가려 애쓰고 있다.

"엄마. 내가 결혼할 때까지 살아."

[부모/마음이 웃는 말]

"고맙다."

자식으로서 당연히 이것저것 도와드릴 때마다 엄마는 미안해하며 고맙다고 하신다. 지금껏 키워준 것에 비하면 아무것도 아닌 일인데 나는 아주 대단한 일을 한 것처럼 대접받는다.

당연한 듯 대할 수도 있는데 엄마는 매번 고맙다고 하신다.

그러면 귀찮아한 나 자신이 부끄러워진다. 나도 어느새 결혼하고 자식을 키우다 보니 아이들과의 세대 차를 느낀다. 지금의 엄마 나이쯤 되면 나도 아이들에게 부탁할 일들이 생기게 될지도 모른다.

내 아이도 내가 물어보면 도와줄까? 나를 보러 오기나 할까? 내가 엄마가 되고 나서야 우리 엄마의 지나간 인내의 시간이 보인다. 얼마나 많은 가르침을 주시고 곁에서 지켜봐 주셨을지 알게 되었다. 밥숟가락 드는 것부터 화장실 가는 법까지 부모에게 배웠다. 인생의 수많은 시험대에서도 항상 부모님은 곁에서 바라봐 주셨다. 그저 옆에 살아계신다는 것 하나로 감사하다. 살아있다는 것 그걸로 충분합니다. 어머니, 고맙습니다. 사랑합니다.

[부부/마음이 우는 말]

"이제 당신이 울어도 아무렇지 않아."

나는 감성적인 편이라 눈물도 많다. 드라마를 보다가도 울기 일쑤고 아름다운 광경에도 눈물이 흐른다. 어느 날은 부부싸움 후 한없이 울고 있는데 신랑이 말한다. "이제 당신이 울어도 아무렇지 않아." 마음이 철렁했지만 흐르는 눈물을 막을 수가 없었다.

이후 신랑 앞에서 울지 않기 위해 안간힘을 썼다. 구구단도 외우고 허벅지도 꼬집으며 '그래. 네 앞에서 두 번 다시 안 운다.' 다짐했다. 울음을 참으니 가슴이 답답하고 호흡곤란이 왔다. 숨이 안 쉬어지더라. 그러다 신랑이 토닥이면 또 어린아이처럼 참았던 숨을 몰아쉬며 꺼이꺼이 갓난아기처럼 목 놓아 울어 버린다.

신랑은 결혼 후 단 한 번도 울지 않았다. 이제는 울리고 싶다는 오기까지 생긴다. 감동이든 슬픔이든 울게 하고 싶다. 마음이 움직이게 하고 싶다. 그의 마음에 내 눈물이 닿는 날이 오기를 기다린다. 당신도 사람이잖아. 사람은 울고 웃고 감정표현을 해야 한다. 공감을 해야 한다. 정서적 눈물은 사람만이 흘리는 거라고 이어령 선생님이 말했다. 나는 사람하고 살고 싶다.

[부부/마음이 웃는 말]

"고맙다."

고맙다는 말 한마디에 모든 것이 녹는다. 내가 하는 모든 일을 당연한 거로 생각하는 것 같았다. 당연히 집 안에서 밥을 차리고 빨래하고 도우미로 살아야만 하는 삶. 신랑은 다른 것은 당연한 듯 생각하는 것 같은데 밥을 먹고는 꼭 "잘 먹었어, 고마워."라고 말한다. 그 말 한마디에 얼었던 마음이 눈 녹듯 녹아내린다.

말로 표현해야 알 수가 있다. 고맙다는 말이 그렇게 듣고 싶었다. 그러다 문득 신랑도 나에게 듣고 싶은 말이 있지 않을까? "당신은 나한테 어떤 말이 듣고 싶어?"라고 물었다. 그는 "퇴근하고 오면 수고했다고 말 해줬으면 좋겠어."라고 말했다. 정말 대단한 바람이 아님에도 하지 못했던 말들이었다. "고맙다.", "수고했다." 정말 일상적인 그 말 한마디가 서로 듣고 싶었던 거다. 그게 뭐가 힘들다고 이토록 아꼈을까? 우리는 의식적으로라도 서로에게 말로 표현하며 살아가기로 했다. 오늘도 애써 말해본다.

"오늘도 수고 많았어. 나한테도 당장 고맙다고 말해줘요."

[자녀/마음이 우는 말]

"엄마는 내가 없어졌으면 좋겠어?"

그저 화가 나서 한 행동에 아이가 그런 말을 했다. "엄마는 내가 없어졌으면 좋겠어?" 그 말을 듣고 마음이 철렁하였다. 내 진심은 그런 것이 아니라고 설명을 늘어놓으며 안아준다. 그러면 아이는 또 언제 그랬냐는 듯 빙그레 웃는다.

없어진다. 사라진다.
가장 두려운 말이다.

아이를 잃어버린 날의 공포를 잊을 수가 없다. 두 번 다시 볼 수 없을 것만 같은 그 숨 막히는 시간. 아이를 다시 찾은 날 부둥켜안고 울면서 집에 돌아온 날이 생생하다. 아이가 그저 곁에 살아 있다는 것. 안부를 물을 수 있다는 것. 그것만으로 다행이라 생각한다. 평생 없어지지 말고 눈길 닿는 곳에는 있었으면 좋겠다. 그저 건강히 살아만 있었으면 좋겠다.

오늘도 아이들이 건강히 곁에 있다는 것만 해도 감사한 하루다.

[자녀/마음이 웃는 말]

"엄마 안아줘."

아이들에게 가장 많이 듣는 말이다. 하루에도 수백 번 안아달라고 하는 아이들. 어쩜 저렇게 안아달라고 할까? 애정 결핍일까? 9살 된 아이에게 물었다. 아이는 그저 사랑받고 싶다고 말한다. 안겼을 때 사랑받고 있다고 느낀다고.

어떤 날은 귀찮은 듯 팔을 벌리고 있으면 아이들이 달려든다. 그런데 안고 있으면 마음에 따뜻한 온기가 흐르고 내 마음이 안정된다. 아이들도 안정감을 느끼고 싶어 안아달라는 걸까? 이제는 내가 마음이 가라앉을 때마다 아이에게 안아달라고 떼를 쓰기도 한다. 아이는 언제나 신나게 달려와 포근히 안아준다. 아이들의 따뜻한 온기를 느껴본다.

내가 안은 걸까? 안긴 걸까?

2살짜리 막내는 항상 두 팔을 벌리고 다닌다. 안아달라고 매미처럼 붙어있다. 내 몸에 팔이든 다리든 무언가가 붙어있어야 마음이 놓이는 모양이다. 아이의 머리를 쓰다듬고 등을 쓸어내리고 있노라면 어느새 꼬물꼬물 아이가 내 등을 토닥인다. 서로를 안아주고 위로해주는 아이들이 있어 오늘도 살아갈 힘을 얻는다.

2

우정 안에서

[10대/마음이 우는 말]

"나 전학 간다."

중학교 2학년 때, 전학을 가게 되었다. 갑작스러운 소식에 다들 어안이 벙벙했고 제일 놀란 건 나였다. 학교에서 선생님의 입을 통해 전학 간다는 사실을 알게 되었기 때문이다. 새 학기가 시작된 지 얼마 되지 않은 3월. 우리는 서로를 알기 전 작별 인사를 나눴다. 그날 주고받은 언어의 기억은 없다. 그저 당황스러운 눈빛들만 남아있다.

중학교 2학년 전학은 참 가혹했다. 강제로 친구들과 헤어지고 나니 적응하기 어려웠다. 집에 오니 이미 짐은 싸여 있었고 그렇게 그날 온 가족이 지방으로 떠났다. 전학을 왔다는 사실만으로 온갖 아이들의 관심이 집중되고 동물원 원숭이가 되어야만 했다. 전학은 아이들에 대한 배려가 없다.

어른들에게도 이직은 어렵듯 아이들에게도 새롭게 적응하는 일이 쉽지 않다는 걸 이해해줬으면 좋겠다. 이직은 본인이 고민하고 결정해서 적응하는 거지만 전학은 어른들의 이익에 맞춰 통보되는 것이 아닐까?

[10대/마음이 웃는 말]

"엄마"

학창 시절 나를 엄마라 부르는 친구들이 있었다. 그때는 그저 잘해주고 싶은 행동이었다. 지금 생각하면 엄마의 마음 같기도 하다. 그 친구가 잘되기를 원했고 지켜주고 싶었다. 나에겐 태생적으로 엄마의 본능이 있나 보다. 중학교 때도 대학교 때도 또래의 딸들이 있었다.

이제는 그 친구도 나도 진짜 엄마가 되었다. 아이를 기르며 부모로서 어른으로서 성장하고 있다. 나는 그 친구들이 진짜 어른이 되어가는 모습을 바라보는 게 참으로 뿌듯하다. 어린 시절 친구들은 십 년이 지나도 이십 년이 지나도 만나면 언제나 그 꼬꼬마 시절로 돌아간다. 그 친구들이 잘 사는 모습을 바라보고 엄마로서 고민하고 성장하는 모습을 함께할 수 있어 다행이다.

우리는 엄마가 처음이다. 서툰 엄마로서 서로 공감하고 위로하며 살아가고 있다. 함께 고민하며 배우고 견뎌내고 있다. 견디고 나면 분명 아름다운 시간이 될 것이라 믿으며, 오늘도 엄마로 살아가 본다.

[20대/마음이 우는 말]

"우리 다시 연락하고 지내자."

연락 안 하던 친구에게 연락이 왔다. 뭐가 미안한지 모르겠지만 서로 미안하다 사과하며 잘 지내보자 이야기를 나눴다. 하지만 그 전처럼 마음이 생기지는 않았다. 서로 선을 지키려고 애썼고 친구 모양새를 갖추려고 노력했다.

우린 친구일까? 남일까? 남보다 못할까?

절교한 친구, 헤어진 남자는 다시 만나도 똑같다. 같은 문제로 또 틀어진다. 새롭게 만나는 것보다 훨씬 어려운 사이가 다시 만난 사이가 아닐까? 그럼에도 다시 만나는 이유는 그와의 추억과 아쉬움이 남아서일까? 끝을 보지 못해서일까?

금이 간 그릇을 아무리 다시 붙이려 해도 금 간 자리는 티가 나더라. 오히려 깨지기가 더 쉬웠다. 이렇게 금이 간 채 계속 친구라는 프레임을 씌우고 지내야 하는 걸까? 물론 모든 친구가 깊은 관계일 수는 없다. 그저 가깝게 오래 알고 지낸 사이 정도로 충분할 때도 있다. 그래도 우리의 좋았던 젊은 시절을 기억하고 회상할 수 있다면 비록 금이 간 그릇이지만 오래 두면 귀해지지 않을까?

[20대/마음이 웃는 말]

"우리 중에 제일 빨리 취직했어."

대학을 졸업하자마자 무조건 취직해서 돈을 벌어야 했다. 사실 대학교 등록금이 없었다. 아버지는 10년 넘게 병환으로 누워계셨고 병원비에 등록금까지 낼 형편이 안 됐다. 등록금을 벌려고 아르바이트하다가 원하던 학교 면접을 보러 가지 못했다. 무엇을 위해 사는지 모를 때였다. 그저 아르바이트로 버티고 있었다. 그래도 아쉬워 남은 대학 아무 데나 들어갔고 장학금을 못 받으면 다닐 수 없기에 매 학기 장학금을 받았다. 그러고는 졸업식 전 바로 취업해버렸다.

어느 날 사람들이 뒤에서 속닥였다. "쟤는 왜 일하니? 학교 안 다녀?" 대학 졸업하기 전 취업한 게 잘못은 아닌데 괜히 주눅이 들었다. 이십 대 초반에는 무조건 대학생이어야 하고 대학원에 다녀야만 하는 건가? 그때 친구가 한마디 하는 소리가 들렸다. "졸업하고 취업 못 하는 애들도 많은데 우리 중에 가장 먼저 취직했는데 대단하지 않냐?"

생각하기 나름이다. 나를 대견하다고 생각하기로 했다. 첫 직장을 8년간 다니면서 월급은 매년 올랐고 진급도 가장 빨랐다. 이제 내가 면접관이 되어 나보다 스펙 좋은 갓 졸업한 이들을 면접 보는 위치가 되었다. 말 한마디가 나를 들어 올리는 힘이 되었다.

[30대/마음이 우는 말]

"나도 아파."

나이를 먹고 애를 낳고 나니 몸이 예전 같지 않다. 친구들에게 전화하면 항상 아프다고 한다. 본인이 아프거나 아이가 아프거나 부모가 아프거나 일단 누군가가 아프다. 아프다는 말이 이제는 그냥 하는 말이 아니라는 걸 알기에 마음이 울렁거린다. 코로나로 사람들이 아프고 나니 더욱 그런 마음이 든다. 이제는 아프다고 하면 영영 못 볼 것만 같고 멀리 떠날 것만 같다.

친구들의 안부 전화에 "응 아직 살아있어."라고 전화를 받는다. 살아있다는 생사 여부를 서로 확인하는 것이다.

사람은 누구나 늙는다.

사람은 누구나 죽는다.

결혼식보다 장례식장에 갈 일이 많아지기 시작한 나이. 친구들의 아프다는 말에 마음이 아려온다. 요즘 100세 시대라고 한다. 100살까지 전혀 살고 싶지 않지만, 만약 살아야 한다면 건강하게 100세까지 서로의 안부를 묻고 싶다.

[30대/마음이 웃는 말]

"같이 밥 먹자."

코로나로 인해 만나기 어려운 시기가 있었다. 그저 밥 한 끼 함께 먹는 것이 금지된 시기를 보냈다. 그 시기가 지나고 나니 그저 사람을 만나는 게 이렇게 귀한 시간이란 걸 새삼 깨닫는다. 더욱이 그동안 못 만난 친구와 같이 먹는 밥이 참으로 소중했다. 친구와 함께 먹는 밥은 그저 밥이 아니다. 우리 내면의 어린아이를 만나는 시간이다. 그간의 일상을 반찬 삼아 늘어놓으며 함께 이야기를 꽃피우는 소중한 시간이다. 구태여 다른 설명을 늘어놓지 않아도 아는 사이. 그 친구가 밥 먹자는 시간이 이토록 귀하다. 만나자는 말만 나와도 메뉴에 장소까지 시시콜콜 애쓰지 않아도 아는 사이.

"같이 밥 먹자."

시간은 금이다. 밥 먹는 시간도 아까울 정도로 일로만 채우는 일상에서 아무 이유와 목적 없이 유일하게 만나는 게 친구다. 그 친구들과 밥을 먹으며 내면의 허함을 채우는 식사 시간은 그 무엇과도 바꿀 수 없는 소중한 시간이다.

3

사회 안에서

[선생님/마음이 우는 말]

"너지."

'낙인효과'란 과거의 좋지 않은 경력이 현재의 평가에 미치는 부정적인 영향을 말한다. 한번 나쁜 사람으로 낙인이 찍히면 의식적이건 무의식적이건 그렇게 행동하는 현상을 이야기하는 것이다.

중학교 선생님에게는 내 첫인상이 좋지 않았나 보다. 1년 동안 부정적 이슈는 모두 나라고 생각하셨다. 그렇게 1년을 보내고 나니 실제 그런 사람이 되어 있었다. 앞뒤 상황 없이 낙인찍힌 그 삶이 어떻게 되는지 나는 잘 알고 있다.

문득 이 글을 쓰면서 나는 사람들을 어떻게 대했던 걸까? 생각해본다. 내가 원하는 이상향으로 바꾸기 위해선 낙인효과보다는 긍정적 피그말리온 효과로 사람을 대해봐야겠다. 긍정적인 기대나 관심을 상대에게 쏟으면 좋은 사람이 되지 않을까? 그런 믿음으로 사람을 대하려 노력한다.

[선생님/마음이 웃는 말]

"잘한다."

초등학교 2학년 때 수학 문제를 빨리 풀어 칭찬받은 일이 생각난다. 학생에게 선생님의 칭찬만큼 좋은 당근이 어디 있을까? 학년을 통틀어 다른 것은 기억나지 않아도 칭찬받은 것만은 생생히 떠오른다. 모두 숨죽이고 책상에 앉아 문제에 집중할 때 나는 제일 먼저 벌떡 일어나서 교탁에 문제지를 제출했다. 다행히 다 맞았다며 선생님께서 칭찬해주셨다. 그 이후 내 안에 무엇이든 잘할 수 있다는 자신감이 솟아났다.

이제 내가 그 선생님의 나이가 되었고 아이가 초등학생이다. 아이들의 칭찬거리를 찾아본다. "잘했어. 네가 최고야." 아이가 젓가락질하기 시작한 것도 칭찬해 주고, 밥을 골고루 먹는 것도 칭찬해준다. 이것까지 칭찬해? 당연한 거 아니야? 하는 것도 칭찬해준다. 칭찬이 혼내는 것보다 더욱 효과적이고 각인되기 때문이다.

그런 의미로 오늘도 칭찬할 거리를 찾아본다.

[직장/마음이 우는 말]

"문자 보내지 마."

대학을 갓 졸업하고 첫 직장에 들어갔을 때 일이다. 회사에서 휴대전화를 봤다고 혼이 났다. 직장 상사에게 문자를 보냈다고 예의에 어긋난다며 4절까지 예의 타령을 시작했다.

문자를 보내는 게 예의가 없는 걸까?

문자도 적었다 지우기를 반복하며 고민을 많이 했다. 최대한 공손히 보냈음에도 전화가 아닌 문자를 보내는 행위 자체를 예의 없게 바라보는 것이었다. 사실 상사에게 전화 연락하는 건 너무나 불편하다. 지금도 직장 상사든 시댁의 전화는 불편하다. 그들의 전화벨이 울리면 한참을 발신자를 확인하며 쳐다본다. 왜 전화를 거는 것일까? 나에게는 전화가 한없이 예의가 없는 행위이다.

카톡, DM, 이메일이 편하다. 대면이나 전화 통화로 생기는 감정 소모를 원치 않는다. 그 정지된 시간이 아깝고 글이 편해졌다.

[직장/마음이 웃는 말]

"먼저 퇴근할게."

직장 상사가 먼저 퇴근하거나 출근을 안 했을 때가 가장 마음이 편했던 것 같다. 근무 시간에 상사는 있어도 그만 없어도 그만인 존재였다. 있으면 오히려 참견만 들어야 하고 눈치가 보이기 때문이다.

신입 병아리에서 세월이 흘러 내가 상사 입장이 되니까 그제야 알겠더라. 상사가 되니 감시 감독 말고 할 일이 없더라. 그런 상황에 사무실에 앉아있는 게 눈치가 보여 자꾸 나가게 되었다. 상사도 눈치를 보는 위치인 건 마찬가지라는 걸 그 자리를 경험해 보니 알겠다. 상사들이 자꾸 자리를 비우는 이유를 말이다.

상사도 쉽지 않다는 것을.
직원도 쉽지 않다는 것을.
각자의 입장이 있다는 것을.

[이웃/마음이 우는 말]

"전세금 올려줘."

이십 대 초반에 전세금 올려달라는 집주인의 말이 생각났다.

월급쟁이가 매달 생활비 하고 남은 금액을 저금해놓으면 만기 때쯤 전세금 올려달라는 소리가 들린다. 마치 회사에 다니는 것은 전세금을 올려주기 위함이 아닐까 싶었다.

전세는 돈을 돌려받으니 그나마 다행이지, 월세는 날리는 돈이 아닌가? 어느 날 갑자기 집주인이 반전세로 돌려 월세를 내라는 말에 바로 대출받아 집을 사버렸다. 어차피 월세로 나가느니 은행 이자 내면서 갚아가기로 했다. 어머니는 이사 안 다녀서 좋다고 하신다.

그렇게 힘겹게 살아왔다. 이제 세월이 흘러 은행 대출도 갚고 집도 사고 전세를 주는 상황이 되었다. 그때 전세금만 올려주던 세입자 시절이 생각나 전세금을 올리지 않게 된다. 역지사지라고 이제는 집주인의 마음도 이해가 된다. 월세로 돌리고 싶다.

[이웃/마음이 웃는 말]

"여기 앉으세요."

임산부 때 자리를 양보받았다. 학생 때 어르신들께 자리 양보만 해 봤지 내가 배려받기는 처음이다. 버스에서 자리를 처음 양보받은 날 울음이 복받쳐서 혼났다. 그 학생이 민망할까 봐 고개 숙여 눈물을 훔쳤다.

그때는 감정 기복도 심하고 움직임이 불편하고 힘들었다. 버스에서 잠깐 서 있는 시간도 괴로웠다. 그런 상황에 자리 양보를 받으니 눈물이 나더라. 임신했을 때 세상 배려란 배려는 다 받은 것 같다. 비가 온다고 우산 쓰라고 주고 가는 사람, 앉으라고 자리 양보해주는 학생들 모두 고마운 천사들이다. 아직 세상은 참 따뜻하다.

임산부 눈에는 임산부만 보인다고 그 당시는 임산부만 보였고 지금은 아이들 엄마만 보인다. 이제는 내가 천사가 되어야 할 때다.

입술의 30초가 마음의 30년이 된다.

나의 말 한마디가 누군가의 인생을 바꿀 수도 있다.

-방송인 유재석-

Part 2

김시원

1
가정 안에서

[부모/마음이 우는 말]

"맨날 엄마가 해주는 거도 없고 미안타."

'엄마'라는 두 글자는 소리 내어 읽기 전부터 코끝이 찡해진다. 눈으로만 봐도 가슴이 아려온다. 슬픈 사연이 있냐 하면 그렇지도 않다. 그저 엄마라는 존재가 마음 쓰이고 애틋하다.

상처를 주신 기억이 없을 정도로 천사 같은 엄마지만, 딸로서 듣고 싶지 않은 말을 종종 하시곤 한다. "맨날 엄마가 해주는 거도 없고 미안타." 자식을 위해 한평생 희생하며 살아오셨으면서 도대체 뭐가 그렇게 미안하다는 건지. 물론 어떤 뉘앙스인지는 충분히 알지만, 엄마의 마음 약한 소리에 자식은 기운이 빠진다. '그 소리 좀 그만해라 엄마!'라고 맞받아치고 싶지만, 매정한 딸이 되고 싶지 않아 "아이다 엄마"라며 무심히 대답하곤 만다.

오빠랑 같이 자취하던 대학생 시절, 학비에 월세, 생활비 그리고 넉넉한 용돈까지 매달 부족함 없이 보내주셨다. 겨울이 되면 서울은 더 추우니 아낌없이 보일러 틀라며 가스비만 20만 원씩 더 부쳐주시던 엄마다. 당시 내가 알고 있는 부모님의 벌이와는 계산이 맞지 않는 큰 금액이었지만 별다른 의문 없이 그저 감사한 마음으로 받아왔다.

그때는 알지 못했다. 잘 지내고 있다고 하시니 정말 잘 지내고 계신 줄로만 알았다. 한 푼이라도 더 아끼기 위해 몇 년 동안 콩나물국밥과 국수를 매일 끓여 드셨다는 걸 정말 꿈에도 몰랐다. 왜 안부를 더 물어보지 않았을까. 차비를 아끼기 위해 한 시간 거리의 직장을 매일 걸어 다니셨다는 걸 그때는 왜 알지 못했을까. 우리는 마냥 철없는 아들딸이었다.

엄마, 이제는 그만 미안해하셔도 돼요. 지금까지 엄마와 아빠의 희생이 어느 정도였는지 정확히 가늠할 순 없지만 제가 자식을 키워보니 알겠더라고요. 고생 많으셨어요. 예쁘게 낳아주시고 애써서 잘 키워주셔서 감사합니다.

[부모/마음이 웃는 말]

"그럼요. 얼마나 고맙고 예쁜데요."

"엄마 나 어때?" 밝은색 코트 하나를 걸치고 백화점 매장 안 거울 앞에서 이리 보고 저리 봐가며 무척 마음에 든다는 표정을 지었다. 엄마도 웃으며 고개를 끄덕였다.

"어머님, 따님을 보시는 눈빛에 사랑이 진짜 가득하시네요." 직원분께서 말씀하셨다. 속으로 '응? 평소랑 똑같은데 무슨 말씀이시지. 옷 파시려고 그러나?' 순간 삐뚠 생각을 했다. 그러던 중 들리는 엄마의 대답에 놀랐다. "그럼요. 얼마나 고맙고 예쁜데요."

엄마와 눈이 마주쳤다. 눈빛을 통해 엄마의 사랑이 내 마음으로 스며들었다. 집으로 가는 길, 꼭 잡은 엄마의 손이 유난히 더 따뜻하게 느껴졌다.

[부부/마음이 우는 말]

"그러니까 내가 대충하라고 했잖아."

밤 10시, 아이를 재우고 또다시 일을 위해 노트북을 켠다. 내 일의 나를 위한 오늘의 마지막 노력이었다. 문제는 가끔 이 노력이 더 큰 허무함을 안겨주기도 한다는 것이다.

"시원 선임, 이거 말고 다른 자료 부탁하려 했는데 다시 좀 해 올래요?"

헛된 행동이 아니었다는 걸 알지만 속상하고 씁쓸한 마음에 남편에게 전화해 하소연했다.

"오빠, 어젯밤에 만든 자료 말이야. 그거 말고 다른 거로 다시 해오라고 하시네. 에휴."

"으이구! 그러니까 내가 대충 하라고 했잖아."

섭섭하면서 그 말에 다시 한번 기운이 빠졌다. '그러게, 내 말 안 듣고 열심히 한 네가 잘못이지.'라고 들렸다. 물론 남편은 내가 잠을 줄여가며 얼마나 애써서 한 자료인지 알기에 안타까운 마음에서 그랬겠지만 조금 더 긍정적인 위로를 원했던 나에게는 상처로 다가왔다.

분명 너무 스트레스받지 말라는 의미인 걸 알면서도 왜 남편의 '대충 하라'는 말에 그리도 예민할까 생각해보니, 그래 맞다. 매사에 매 순간 최선을 다하는 사람이 바로 남편이다. 연애 때부터 그런 모습이 멋있었고 또 본받고 싶었다. 본인은 그 누구보다도 열심이면서 지금 상황처럼 결과가 따라주지 않아 내가 속상해할 때마다 대충 하라고 응원하니 더 화가 나지 않았나 싶다. 나도 남편처럼 뭐든 잘하고 싶은데 말이다.

[부부/마음이 웃는 말]

"그동안 고생 많았네."

현재 우리는 부부 동시 육아휴직 중이다. 둘째 출산과 함께

휴직에 들어간 나의 육아 부담을 줄여주기 위해, 그리고 복직 후 다시 맞벌이 가정으로 치열하게 살아갈 우리 네 식구를 위해 둘째 돌을 앞두고 남편은 육아휴직을 결심했다.

남편은 아들의 손을 잡고 오붓하게 등원할 상상을 하며 휴직 전부터 설레 있었지만, 그 설렘은 오래가지 못했다. 휴직 첫날 아침, 바로 그 환상은 말끔히 깨지고 말았다. 등원하기 전 아침을 차려주니 그냥 밥 말고 갑자기 주먹밥이 먹고 싶다는 아들, 그래서 부랴부랴 주먹밥을 만들고 있으니 어젯밤 가지고 놀던 로봇을 변신시켜달라며 또 주방으로 가지고 온다. 그 뒤론 머리를 산발한 채 눈도 똑바로 못 뜨고 기어 나오는 둘째까지. 나에게는 일상이었지만 남편에게는 상상 이상이었을 것이다.

"그동안 고생 많았네."

첫째 등원 후 남편은 나를 안아주며 말했다. 마음이 사르르 녹았다. 주부로서의 노고를 인정받은 기분이랄까. 매일같이 치러왔던 아침 등원 전쟁이지만 오늘따라 더 정신없이 굴며 아빠의 혼을 쏙 빼놓은 아이들에게도 조금은 고마운 마음이 들었다.

[자녀/마음이 우는 말]

"다른 엄마가 있었으면 좋겠어."

둘째를 낳고 신생아 케어만큼이나 신경 쓴 것이 바로 첫째의 마음이었다. 동생으로 인해 상처받는 일이 없도록 신경을 썼고, 동생을 경쟁 대상으로 인식하지 않도록 말 한마디 행동 하나하나 조심했다. 그래서인지 동생을 아끼고 예뻐했고 그 모습에 남편과 나는 안심했다.

여느 때와 같이 하원 후 혼자 장난감을 가지고 놀던 첫째가 풀이 죽은 목소리로 말했다. "엄마, 나 다른 엄마가 있었으면 좋겠어." 내가 지금 들은 게 맞나? 순간 심장이 쿵 하고 내려앉는 기분이었다. 둘째에게 분유를 먹이고 있던 나는 고개를 들어 첫째를 쳐다보았다. 아니 실망감과 배신감에 매섭게 째려보았다. '내가 널 위해 얼마나 애썼는데 그런 말을 해?'

"뭐? 너는 엄마가 싫어? 엄마 말고 다른 아줌마가 엄마였으면 좋겠어?" 나도 모르게 화가 난 목소리로 아이를 몰아세웠다. 놀란 표정의 아이는 "아니 그게 아니라 나는 엄마가 두 명이었으면 좋겠단 말이었어. 시우 엄마, 서은이 엄마. 그렇게 엄마가 한 명씩 있으면 둘 다 똑같이 좋잖아. 김시원 엄마 두 명 말이야….”

눈물이 핑 돌았다. “동생 우유 먹이고 같이 놀아줄게.”, “아기 기저귀부터 갈고 하자.” 이런 말을 은연중에 많이 해서일까. 본인과 동생에게 ‘엄마의 공백’이 없었으면 하는 다섯 살 아이의 표현이 미안하고 마음 아팠다. 그리고 한편으론 그 마음이 예쁘기도 했다. 첫째와 둘째를 한 품에 꼭 안아주었다. ‘엄마가 더 잘할게. 그리고 조금 더 크면 시우랑 서은이가 서로 그 공백을 채워주는 사이가 될 거라 믿어. 우리 아들딸 많이 사랑해.’

[자녀/마음이 웃는 말]

“다시 하면 되지!”

중요한 자료를 편집하던 중에 노트북 전원이 나갔다. 간절한 마음으로 다시 켜보았지만 애써 만든 자료는 흔적도 없이 말끔히 사라졌다. “아 망했어! 다 날려 먹었잖아! 짜증 나!” 하면서

씩씩거리고 있는데 옆에서 아들의 목소리가 들려왔다. “엄마! 그러면 다시 하면 되지!” 열 받아 있던 나는 “뭐?” 하며 고개를 돌렸다. 아들의 얼굴은 너무나도 해맑았다. 잔뜩 힘을 준 내 눈썹이 순간 머쓱했다.

사실 내가 아들에게 자주 하는 말이다. 블록이 쓰러지면 세상이 무너진 것처럼 슬퍼할 걸 알기에 사전에 울음을 막기 위한 ‘선제적 위로 겸 응원’이었다. 그 말 한마디에 또다시 열심히 블록을 쌓아 올리는 모습을 보며 아이는 참 단순하다 싶었는데 이 타이밍에 아들에게 이런 말을 들으니 의외로 힘이 났다. 그래 맞다. 뭐든지 다시 하면 되지. 뭐 그렇게까지 펄쩍 뛰며 화낼 일인가. 아들의 해맑은 응원에 또 힘을 내본다.

2

우정 안에서

[10대/마음이 우는 말]

“제가 반장이 되면 햄버거를 쏘겠습니다!”, “와아아!”

“반장을 하면 잘할 거 같은데 어때?” 선생님의 한마디는 소심했던 나에게 자신감을 불어넣었다. 선거 당일, 며칠 밤 준비한 공약을 친구들 앞에서 떨리는 마음으로 발표했다. 이어서 평소 활발하고 인기 많은 친구가 기호 2번으로 칠판 앞 교탁에 섰다. 인기투표가 아님을 알았지만, 긴장되는 건 사실이었다. 게다가 그 친구의 첫마디는 내가 생각한 ‘공약’과는 거리가 멀어 더 혼란스러웠다.

"제가 반장이 되면 햄버거를 쏘겠습니다!"

'햄버거? 어떻게 저렇게 치사한 발언을 할 수 있지?' 불편한 생각이 드는 와중에 친구들의 환호 소리가 들렸다. "와아아!" 그제야 분위기 파악이 되면서도 친구들에게 섭섭한 마음이 들었다. 억울하지만 투표에서 질 것을 직감하였다. 선생님께도 죄송스럽고 창피하고 '그럼 그렇지. 내가 뭐라고 여길 나와.'라는 생각까지 들었다.

투표 결과가 나왔다. 조금 전 그 환호는 발표자를 향한 리액션에 불과했다는 걸 알았다. 나의 반장 당선, 짧은 순간 혼자 오르락내리락했던 내 감정이 부끄러웠다. 햄버거에 표를 던질 거라 넘겨짚어 생각했던 친구들에게도 미안했다. 편법을 싫어하고 정정당당 정면승부 해야 한다는 것이 나의 지론이었는데 이번 반장 선거는 꽉 막힌 내 생각을 바꾸게 하였다. '좀 더 유연하고 재치 있게 세상을 살아갈 필요도 있겠구나.' 그것이 바로 기호 2번 친구의 인기 비결이 아니었을까 싶다.

[10대/마음이 웃는 말]

"3학년 10반 반장"

반장이라는 자리가 누군가에게는 '그냥 하면 되는' 일일지 몰라도 대범하지 못했던 여학생에게는 16년 인생 중 손에 꼽을 크나큰 일이었다. 지금 돌이켜보면 귀여운 생각이지만 당시만 해도 서툰 모습을 내보이고 싶지 않았고 누구나 상상하는 이상적인 반장이 되고 싶어 더 자신감 있게 과장하여 행동한 것도 없지 않아 있었다. 그런 모습도 점점 익숙해지면서 의식해서 나오는 책임감이 아닌 내 마음 그대로의 충만한 책임감을 느끼고 '이상적인 반장'의 모습으로 1년을 보냈다.

학교를 작은 사회라 부르듯 어릴 때의 경험은 성인이 되어 사회에서 스스로 성장해나갈 큰 밑거름이 된다. 선생님의 말 한마디는 소심한 나에게 새로운 삶을 경험토록 해 주었다. 나도 우리 아이들이 잠재된 능력의 씨앗을 터트릴 수 있도록 마음이 웃는 말로써 따스한 별이 되어줘야겠다고 생각해본다.

[20대/마음이 우는 말]

"또 쓸데없는 거 하네."

'모든 일에는 다 의미가 있다. 비록 지금 당장 깨닫지 못할지라도.' 인생 좌우명이다. 누구보다도 경험을 중요시하고 소중히 여기는 나는 자칭 경험 예찬론자이다.

대학교 4학년 대부분을 도서관에서 지냈다. 취업을 위해 24시간 몰두한다. 최종 합격과 함께 대학 생활은 성공적으로 끝이 난다. 그 끝을 간절히 원하면서도 한편으론 이렇게 끝내기엔 아쉬운 마음이 컸다. 취업 전 다양한 경험을 더 많이 해 보고 싶어 색다르고 낯설다 싶은 아르바이트를 찾아 무조건 지원해보았다. 그것이 내가 생각한 가장 좋은 경로였다.

콜센터, 결혼식장, 호텔 레스토랑, 공연장, 축구장, 헬스장, 비즈 손바느질, 시제품 제작 등 흥미로운 일들을 많이 했다. 취업 준비로 지쳐있던 일상에 활기를 주기도 했고 미리 사회생활을 경험해 보기에도 참 좋았다. 하지만 그런 나에게 선배, 동기들은 "또 쓸데없는 거 하네."라며 말했다. 카페 아르바이트를 하는 친구에게는 수고하라고 하면서 말이다.

사소한 일이라도 세상에 쓸데없는 게 어디 있을까. 분명 언젠간 내 인생에 피가 되고 살이 되는 쓸모 있는 경험들일 거라고 굳게 믿고 있다. 그렇게 난 오늘도 더 열심히 쓸데없는 일로 하루를 마무리한다. 그 누가 뭐라 하더라도 계속 새로운 무언가를 찾아 나설 것이다.

[20대/마음이 웃는 말]

"니랑 같이하니까 이게 되네."

24살 가을, 친구와 제주도 여행을 떠났다. 맛집 투어가 아닌 자연을 만끽하러 갔다. 제주도 자연 하면 바로 한라산 아니겠는가. 우리 동네 나지막한 무학산도 높아 보였던 저질 체력 두 명이 무슨 배짱으로 한라산을 가려 했던 건지. 엄마에게 빌려온 등산화를 신고 새벽 5시 게스트하우스를 나섰다. 비까지 쏟아졌다. 그 비가 우리를 더 들뜨게 했다. 등산로 입구에서부터 웃음이 끊이지 않았다. 마치 벌써 정상에 오른 것처럼 사진을 찍고 말 그대로 난리굿이었다.

산을 오르기 시작했다. 장난이 아니었다. 고비 때마다 서로의 가방에서 초콜릿이며 귤이며 간식을 꺼내 나누어 먹었다. 비바람과 함께 장장 9시간에 걸쳐 우리는 백록담을 눈에 담고 하산했다.

"정상까지 당연히 못 갈 줄 알았는데 니랑 같이하니까 이게 되네."

아프리카 속담에 '혼자 가면 빨리 가고 같이 가면 멀리 간다.'더니 많이들 이야기하는 '같이의 가치'를 제주도 여행을 통해 확실히 느꼈다. 만약 혼자였다면 음… 한라산을 오를 생각이나 했을까 싶다. 함께 해줘서 고마웠어, 친구야. 다 네 덕분이야.

[30대/마음이 우는 말]

"야, 너도 커."

대학교 선배 결혼식 참석차 온 가족이 출동할 참이었다. 일명 결혼식 하객용 옷이 몇 벌 정해져 있었기에 별다른 옷 걱정 없이 아이들부터 먼저 챙겼다. 남편까지 준비를 마치고 이제야 나도 거울 앞에 섰다. 당황스러웠다. 생각지도 못한 변수가 생겼다. 입으면 한들한들했던 블라우스가 이렇게 품이 작았던가. 분명 작년에도 잘 입고 다녔던 옷인데 팔이 끼었다. 말 그대로 터질 거 같았다. 상황도 모른 채 빨리 출발하자고 재촉하는 아이. 어쩔 수 없이 임신 중에 입던 어두운색 남방 하나를 꺼내 입고 집을 나섰다.

오랜만에 뵌 선배들은 여전히 예쁘고 멋지고, 근사하기까지 했다. 나만 세월을 정통으로 맞은 기분이었다. '다들 미혼이라 그런가.' 시끌벅적한 가운데 혼자 생각에 잠겨 멍하니 있었다. 그 와중에도 유모차를 앞으로 뒤로 움직이고 있는 나는 누가 봐도 아줌마였다.

한 선배의 목소리가 들렸다. "우와! 애들이 진짜 잘 먹나 봐. 또래보다 크지?" 우리 아들딸을 보시고는 최고라며 엄지를 세웠다. 신랑이 체격이 좋기에 "네, 아빠 닮아서 큰가 봐요." 기분 좋게 웃으며 대답했다. 그때 멀리서 들리는 목소리. "야, 너도 커. 엄마도 닮았지 뭐." 높은 구두에 짧은 치마를 입은 날씬한 여자 선배였다. 순간 칭찬인지 욕인지 헷갈렸다. 표정 관리가 힘들었다. 칙칙하고 펑퍼짐한 남방을 입고 있던 내 모습이 더 초라해 보였다.

머릿속에서 맴돌았다. "야, 너도 커." 저 말 한마디에 바닥까지 무너져 내려버린 나 자신이 싫었다. 집에 오자마자 남방을 벗어 빨래통에 집어 던졌다. 살을 빼겠다고 독하게 마음먹었다. 매번 다이어트를 다짐해 왔지만, 이번엔 달랐다. 몸매 문제가 아닌 자신감 회복이 달려 있었다. 그렇게 두 달 동안 9kg을 감량했다. 덩달아 자신감도 되찾았다. 그럴 의도로 한 말은 아니었겠지만, 나에게는 비수로 꽂힌 네 글자가 그 어려운 다이어트를 성공하게 했다.

[30대/마음이 웃는 말]

"너 참 대단하다."

'Should be complex(항상 무엇을 해야 한다는 생각에 시달리는 상태)', 바로 나의 모습이다. 이러한 생각은 강박인 동시에 삶의 동력이기도 하다. 스무 살에 20대 10년 인생을 계획했다. 어려움도 있었지만, 목표를 이루기 위해 살아왔다. 누군가가 스무 살로 돌아가겠느냐 물어본다면 절대 "NO"라고 대답할 것이다. 매일 꽉꽉 눌러 최선으로 살아왔기에 후회가 없다. 지금의 내가 좋고 남은 30대의 삶도 기대된다. 이런 나에게 친구들은 항상 응원해준다. "너 참 대단하다."라고.

3

사회 안에서

[선생님/마음이 우는 말]

"그런 거 아니면 그냥 넘어가자."

학창 시절 가장 좋아하고 잘하는 과목이 수학이었다. 답을 찾아내는 희열뿐 아니라 수학의 원리에서부터 공식의 유도 과정까지도 흥미로워 관련 책을 찾아볼 정도였다.

중학교 3학년 1학기 기말고사, 수학 시험을 한창 치르던 중 신경 쓰이는 문제 하나가 있었다. 아무리 다시 풀어도 분명 답이 두 개였다. 손을 들고 선생님께 질문했지만, 문제에는 이상 없으니 다시 풀어보라는 말씀뿐이셨다. 마음이 답답했다. 시험은 그대로 끝이 났다. 친구들에게 물으니 단순히 외웠던 공식에 대입하면 답 하나가 바로 나온다며 쉽게들 풀었다고 했다. 나와는 다른 친구들의 반응에 심란했고 며칠 뒤 역시나 시험 결과는 오답으로 처리되어 있었다.

성적과 무관하게 궁금증을 해소하고 싶어 선생님을 찾아가 여쭤보았다. 이 쉬운 문제를 왜 계속 물어보냐는 반응에 민망했고 또 섭섭했다. 그냥 혼자 머릿속으로 되뇔 수밖에 없었다.

며칠이 지난 후, 수학 선생님께서 교실 옆 계단으로 부르셨다. "혹시 너 특목고 갈 거니?" 선생님의 이유 모를 물음에 고개를 옆으로 저었다. "그런 거 아니면 그냥 넘어가자." 순간 당황스러웠다. 그제야 문제 오류에 대해 인정하셨다. 대부분 정답을 적었기에 굳이 나로 인해 중복 답안이라는 오점을 남기고 싶지 않다는 말씀이셨다. "그래도 괜찮겠지?"라며 내 고개가 끄덕여지기를 기다리셨다. 지금껏 내 질문에 심드렁한 반응을 하시던 눈빛과는 전혀 달랐다. 그 순간 진실한 사과를 하시긴 힘드셨을까. 한때 교사가 꿈이었던 학생으로서 지금까지도 실망감과 아쉬움이 남는 기억이다.

[선배/마음이 웃는 말]

"근데 초등학생이 더 상상력 풍부하고 창의적인 거 알지?"

기계공학 전공이었지만 디자인에 관심이 많아 한 기업의 대학생 디자이너로 지원하였고 합격과 함께 첫 정식 미팅을 했다. 예상은 했지만 모두 출중한 실력과 화려한 경력을 겸비한 디자인 전공자들이었다. 공대생은 한 명, 그런 날 보는 시선들이 민망스러웠다.

의기소침한 채로 학교에 돌아와 이야기를 풀어냈다. "다들 능력자였어요. 그에 비하면 제 실력은 초등학생 수준인데 이제 어떡해요." 큰일 났다며 조바심을 냈다. 그런 나에게 선배의 무심한 한마디는 자신감을 불어넣어 주었다. "근데 초등학생이 더 상상력 풍부하고 창의적인 거 알지?" 많은 실력자 속에서 날 뽑아준 이유가 바로 그것이었을까. 고정관념에서 벗어난 독창적인 아이디어와 함께 그렇게 난 '초등학생 디자이너'로 당당히 활동하였다.

[직장/마음이 우는 말]

"한약 먹고 있다고 말씀드려 그냥."

내 나이 스물다섯, 입사한 그해 가을에 결혼하였고 다음 해 봄 아기천사도 찾아왔다. 결혼을 준비할 당시, 불량 신입사원이라는 프레임이 씔까 봐 결혼 한 달 전까지도 회사에 알리지 못했다. 임신 사실은 그보다도 더 입을 열기 어려웠지만, 몸조심을 위해 빨리 말씀드리기로 마음먹었다. 팀 내 유일한 여자 선배 한 분에게 먼저 소식을 전했다. 팀장님께도 말씀드릴 참이었지만 회사에는 최대한 늦게 알리라는 선배의 말림에 결국 그대로 퇴근하고 말았다.

며칠 후 팀 회식 공지가 뜬 날이었다. "선배, 저 어차피 이제 술도 못 마시니깐 팀장님께 말씀드리려고요." 벌써 마음이 후련했다. 선배도 웃으며 말했다. "술 때문에? 한약 먹고 있다고 말씀드려 그냥." 나와는 다른 그 웃음이 불편했다. 왜 거짓말을 하면서까지 임신 사실을 이토록 숨기라고 하는지 의중이 무엇인지 궁금했고 혼란스러웠다. 날 축하해준 그 마음은 진심이 맞았을까 실망감까지 들었다.

마음먹은 대로 팀장님께 바로 말씀드렸다. 각오는 했지만, 그 순간부터 동료들의 말 한마디 행동 하나하나에 신경이 쓰이기 시작했다. 축하는 해주셨지만, 내년 공석으로 인해 늘어날 본인 업무량을 걱정하였고, 배려라고 하지만 정작 내 마음은 더 편치 않은 일들이 많았다. 선배의 조언이 다 이유가 있었음을 그제야 깨달았다. 몇 년 전 본인도 겪었던 일들로 인해 조금이나마 늦게 그리고 덜 상처 받게 해주고픈 선배의 마음이지 않았을까 싶다. '라떼는 말이야'라는 말이 있듯이 과거에 비하면 '세상 좋아졌다' 하지만, 여전히 직장에서의 임밍아웃(임신 사실을 알리는)은 여러 이유로 주저하게 되는 현실이라는 것이 씁쓸하기만 하다.

[직장/마음이 웃는 말]

"돌아오실 거죠? 꼭 돌아오세요."

기업 소모품부터 산업 자재까지 구매솔루션을 담당한 지 7년. 입사 초기에는 남자 직원을 당연시하는 분위기였지만 이제는 고객사 현장에서 인정받고 있음을 느낀다.

출산 1주일을 앞둔 시점까지도 안전화 끈 고쳐 매고 현장 생산라인 클레임에 직접 대응했다. 누가 시켜서라기보다 끝까지 책임감을 느끼고 내 역할을 다하고 싶었다. 작업복 점퍼가 잠기지 않을 정도로 몸은 무거웠지만 발걸음은 가볍고 힘찼다.

출근 마지막 날, 휴직으로 인한 부재 공지 메일을 고객사에 전했다. 그동안의 일들이 주마등처럼 지나가며 마음이 뭉클했다. 그리고 답신 하나에 눈물을 참을 수 없었다.

"돌아오실 거죠? 꼭 돌아오세요."

[이웃/마음이 우는 말]

"그래서 얼마 버는데? 나 같으면 그만둔다."

타지에서 직장 생활하며 첫아이를 낳았다. 연고가 없던 나에게도 아이라는 공통분모를 가진 이웃들이 생겼다. 나이도 고향도 모두 제각각인 사람들이었지만 쉽게 가까워질 수 있었다.

육아휴직 1년, 육아가 힘들다고들 하지만 나에게는 꿈같은 시간이었다. 해가 지나면 직장에 다시 돌아가 일을 해야 했고 육아와 병행해야 한다는 것이 처음이라 두려웠다. 그 고민이 은연중에 아이 엄마들과의 대화에서 나왔다. 대부분 "그래도 돌아갈 직장이 있다는 게 얼마나 좋아."라며 응원해줬지만, 그 속에서 비수 같은 한마디가 나에게 꽂혔다.

"그래서 얼마 버는데? 나 같으면 그만둔다."

누구나 처한 환경이 다르고 생각이 다름을 충분히 이해한다. 본인이 그 상황이었으면 아이를 위해 그만두는 게 맞다고 생각해서 한 조언이었을 거다. 나도 언젠가 일을 그만두고 육아에 전념하는 날이 오리라는 것을 안다. 그리고 그 아이 엄마의 말이 전혀 기분 나빠할 필요 없는 현실적인 조언이었다는 걸 깨닫는 날도 오겠지만 그 순간 나는 더 이상 말을 섞고 싶지 않았다. 꼭 그렇게 말했어야 했을까. 둘째 육아휴직을 마치고 복직을 앞둔 지금도 4년 전 그때의 그 말이 상처로 남아있다.

[이웃/마음이 웃는 말]

"참 말도 이쁘게 잘해요. 나 좀 배우러 갈까?"

당시에는 100이었던 마음도 시간이 지날수록 50이 되고 10이 될 수 있다. 기록으로 남겨둔다면 100까진 아니겠지만 80 정도는 당시의 감정이 기억되지 않을까 하는 마음에 일기장처럼 SNS에 긴 글로 적어두는 편이다. 누군가는 '오글거린다'라고 생각할 수도 있겠지만 일부를 제외하고는 내 감정을 좋게 읽어주고 공감해준다. 그중 가장 기억에 남는 댓글이 하나 있다.

"참 말도 이쁘게 잘해요. 나 좀 배우러 갈까?"

첫째 아이 친구의 엄마다. 이분이야말로 말을 어쩜 이렇게나 예쁘게 잘하시는 건지. 나도 이런 말을 누군가에게 해 준 적이 있었을까? 아니 해 줄 수 있을까? 매번 말을 하기 전 머릿속으로 한번 되뇌고 다음 상황을 떠올려보며 입 밖으로 뱉는 편이다. 단지 말실수를 하지 않기 위해서, 즉 나의 인간관계에 흠을 남기지 않기 위해서였다. 여기서 상대방을 위한 말로 한 번 더 되뇌고 뱉어 보는 건 어떨까 생각해본다. 평생까진 아니더라도 나의 말 한마디가 나와 헤어지고 돌아선 발걸음에 행복의 여운으로 남을 수 있도록.

한마디의 말이 날카로운 칼이 되기도 하고

혹은 솜처럼 따뜻하고 부드럽기도 하다.

어느 쪽을 택할 것인가는 우리의 마음에 달려 있다.

-토마스 제퍼슨-

Part 3

홍주희

1

가정 안에서

[부모/마음이 우는 말]

"애 키우면서 누가 편하게 자니?
다들 그러면서 키우는 거야."

출산과 동시에 생각지도 못했던 잠과의 전쟁이 시작됐다. 바스락 소리에도 소스라치게 놀라 울기 시작하는 아이를 손목에 무리가 가는 줄도 모른 채 밤새 안고 달래주어야만 했다. 밤에도 낮에도 아이가 잠자다 깰까 싶어 노심초사하느라 깊은 잠을 자는 것은 거의 불가능했다. 이런 첫아이의 예민함은 초보 엄마로서 감당하기 힘들었고 잠과의 전쟁은 쉽사리 끝나지 않았다.

회사 일이 끝나면 눈썹이 휘날리도록 집에 와 집안일을 하고 아이의 이유식을 만들고 나면 녹초가 되기 일쑤였다. 하루는 너무나 힘들어 엄마한테 투정을 부렸다. "왜 최고의 고문이 잠을 안 재우는 건지 지금 조금 알 것 같아. 진짜 잠을 못 자니깐 미쳐버릴 거 같아." 이 말을 하면서 갑자기 눈가가 촉촉해지고 코끝이 찡해졌다. 이런 상황에서도 엄마는 현실적으로 냉정하게 말씀하셨다. "애 키우면서 편하게 자려고 했어? 애 엄마 중에 누가 편하게 자니? 다들 그러면서 키우는 거야." 어쩌면 당연한 말이 가슴을 콕콕 찌르는 듯 아팠다.

세상 누구보다 딸의 힘듦을 잘 아는 엄마. 딸이 힘들까 봐 퇴근 전에 최대한 아이들 목욕 시키고 저녁까지 차려 주시는 엄마. 표현이 서툰 엄마의 속마음은 '지금 우리 딸이 아주 힘들구나. 그래도 어떻게 하겠어. 엄마니깐 힘들어도 참고 해야지.'였을 것이다.

[부모/마음이 웃는 말]

"우리 딸 사랑한다. 사랑한다."

항상 딸 바보였던 아빠와의 이별은 쉽지 않았다. 점점 쇠약해지시는 아빠의 모습은 이별의 시간이 점점 다가온다는 것을 의미했다. 시간이 얼마 안 남은 것을 알고 동생과 휴가를 내고 병간호하시는 엄마를 도와 며칠을 함께했다. 온 가족이 아빠와 함께 주어진 시간을 보낼 수 있었던 것은 돌이켜 생각해도 감사한 시간이고 축복의 시간이었다.

아빠 옆에서 쪽잠을 자면서 아빠의 상태를 살폈고, 함께 웃고 옛날얘기를 하며 즐거웠던 일들을 떠올리기도 했다. 말소리도 거의 안 들릴 정도로 쇠약해지셨지만, 하루는 나를 보시면서 선하게 미소 지으시며 가는 소리로 말씀하셨다. "우리 딸 사랑한다. 사랑한다." 들릴 듯 말 듯 힘없는 말소리였지만 그 어떤 말보다 강하게 내 마음에 와닿았다. 하염없이 눈물이 흘렀다. 그 눈물은 슬픔의 눈물이기도 하지만 감사와 기쁨의 눈물이기도 했다.

자라는 내내 사랑을 듬뿍 주셨는데, 돌아가시는 그 순간까지도 아빠는 사랑한다는 말로 내가 사랑받을 존재이고 그 사랑을 남에게도 나눠줄 수 있는 사람이라는 것을 알려 주셨다. 사랑한다는 아빠의 말은 내가 힘들 때마다 긍정적 에너지로 나를 미소 짓게 한다.

[부부/마음이 우는 말]

"..."

연애할 때는 말도 잘했던 남편이 살면서 보니 참 말수가 없는 사람이란 게 새록새록 느껴질 때가 있다. 특히 서로 의견이 안 맞을 때는 더더욱 그러하다. 남들은 소리 지르면서 싸우기도 한다는데 우리 부부는 크게 소리 내서 싸운 적이 거의 없다. 크게 싸울 일이 생기면 남편은 먼저 말문을 닫는다.

그럴 때마다 속은 화산 폭발하듯 타오르지만, 남편한테 뭐라고 하지는 않았다. 말문을 닫아버린 남편에게 뭐라고 한들 아무 소용이 없다는 것을 알기에 혼자 속으로 삭이는 경우가 많았다. 무반응의 남편을 보면 마음이 점점 멀어지는 느낌이 들었다. 서로의 감정이 잔잔해졌을 때, "표현을 안 하면 당신이 어떤 마음이고 어떤 생각을 하는지 내가 절대로 알 수가 없어. 다른 의견이 있고 기분 안 좋으면 말해줬으면 좋겠어."라고 요청한 적도 있었다.

감정이 격해질 때는 서로의 공간을 허락하는 것이 건강한 대화법 중 하나이다. 하지만 상대방의 말에 지속해서 무반응과 무관심으로 응한다면 서로의 마음은 멀어질 수밖에 없다. 무시당하는 느낌, 소외당하는 느낌, 자존감이 떨어지는 느낌이 들기 때문이다. 한때 나도 무반응으로 대응했지만 그러면 그럴수록 마음의 거리는 쉽게 좁혀지지 않는다는 것을 깨달았다. 감정적으로 상대를 무시하거나 화를 내는 것이 아닌 서로의 마음을 제대로 표현하는 법을 알아가는 것이 행복한 부부가 되는 길일 것이다.

[부부/마음이 웃는 말]

"당신 참 대단해. 당신이라 할 수 있었던 거야."

어느 날 아이의 방문이 닫히고 마음 문도 닫혔다. 어두운 터널을 지나는 사춘기 아이의 시간을 남편과 함께 버티고 기다려줘야 했다. 사춘기 아이를 둔 부모를 위한 책을 쓰겠다고 했을 때 남편을 포함한 모든 식구는 딱히 반대도 응원도 없었다. 책을 쓴다고 말했지만, 진짜로 출간할 거라고는 누구도 생각하지 않았었던 것 같다.

퇴근 후 아이들을 챙기고 늦은 시간에 짧게라도 글 쓰는 시간을 가졌다. 특히 주말에는 더 많은 시간을 글쓰기에 몰입하며 초고를 채워나갔다. 비록 힘든 여정이었지만 글을 쓰면서 울고 웃는 시간은 그 누구에게도 위로받을 수 없었던 선물이었다. 그 모든 여정을 지켜본 남편과 아이들은 어느 순간부터 나의 진심을 알아봐 주고 글과 함께하는 시간을 인정해 주고 응원해 주었다.

사춘기 아이의 부모를 위한 책이 세상 밖으로 나왔을 때 누구보다도 기뻐해 주고 용기를 주었던 사람이 바로 남편이다. "당신이라 할 수 있었던 거야. 진짜 당신 대단해."라고 했던 말이 그동안 힘들었던 시간을 보상이라도 해주듯 내 마음을 따뜻하게 안아주었다.

[자녀/마음이 우는 말]

"나는 왜 태어났는지 모르겠어요."

내가 낳은 자식이 아닌 듯 변해버린 사춘기 아이를 볼 때마다 울화가 치솟았다가도 힘들어하는 모습을 보고 있으면 안쓰러운 마음도 들었다. 아이만 감정의 롤러코스터를 타는 것이 아니라 엄마 또한 롤러코스터를 타고 긴 사춘기 터널을 함께 통과해야 했다. 사춘기가 길어지고 깊어질수록 아이의 방문도 말문도 굳게 닫혀버렸다.

우연히 아이의 책상 위에서 찢기고 구겨진 종이를 보게 되었다. 그 종이에는 "하나님은 왜 나를 이 세상에 태어나게 했는지 모르겠다."라고 적혀있었다. 글을 보는 순간 숨이 턱 하니 막혔다. 왜 태어났는지 모르겠다는 생각마저 들 정도로 혼자서 힘들어하는 아이에게 아무런 힘이 되어주질 못한 것 같아 하염없이 눈물이 흘렀다.

많은 사람의 축복을 받고 태어난 첫아이인데 어떻게 그런 생각까지 하게 되었는지 알 수가 없었다. 힘차게 마음 문을 열고 서로의 마음을 터놓고 이야기하고 싶었지만, 아이는 아직 준비되어 있지 않았다. 아이가 자신의 힘으로 그 문을 열고 나올 때까지 든든한 버팀목이 되어 기다려 주었다. 언젠가 그 고민에 대한 답을 스스로 찾아낼 수 있기를 바라면서 말이다.

[자녀/마음이 웃는 말]

"엄마, 저는 축복을 많이 받는 아이 같아요."

터널과 동굴의 차이는 끝의 유무에 달려 있다. 아무리 긴 터널도 언젠가는 끝이 보인다. 아이의 사춘기가 동굴이 아닌 터널이라 다행이다 싶을 때가 있었다. 언제 끝날지 모르는 아이의 사춘기 터널 또한 세월이 지나면 끝이 보일 테니 말이다.

어느 날 아이와 함께 병원을 갔다 오는 길에 아이가 갑자기 퉁명스럽게 말했다.

"엄마, 저는 축복을 많이 받는 아이 같아요."

길을 걷다가 느닷없이 했던 말이라 조금은 당황했지만 이내 마음 깊은 곳에서는 뜨거운 무언가가 올라오기 시작했다. 마음 문을 닫고 혼자만의 힘든 시간을 보내면서 고등학교 자퇴를 결정하기까지 쉽지 않은 여정이 주마등처럼 스쳐 지나갔다. 그 힘든 시간을 함께했기에 아이의 진심이 고스란히 전해졌다. 이렇게 말해 준 아이에게 너무나 감사했다.

언제 끝날지 모르는 긴 사춘기의 터널을 통과하면서 두려움과 눈물로 지새웠던 어두운 나날들이 보상이라도 받듯 한순간에 밝아지는 느낌이었다. 한 번도 가보지 않았던 길에 대한 두려움이 아이에게도 그리고 나에게도 또 다른 성장의 기회로 다가왔다. 아이의 감정을 바라봐 주고, 있는 그대로 인정해 주려는 노력의 시간이 아이의 마음도 열리게 한 것이다.

2

우정 안에서

[10대/마음이 우는 말]

"홍당무~ 새우젓~"

어렸을 때 별명 하나 없었던 사람은 없을 것이다. 특히 초등학교 때는 이름과 얼굴 생김새로 별명을 지어 불렀다. 짓궂은 남자아이들은 하지 말라고 해도 계속 쫓아다니며 별명을 부르곤 했다. 나 또한 예외는 아니었다. 성이 홍 씨라 가장 흔한 별명은 홍당무, 그리고 눈이 작다고 새우젓.

'홍당무'라고 부르면 어떻게든 참아보겠지만 새우젓이라고 부르는 친구는 쳐다보고 싶지도 않을 만큼 싫었다. 너무 싫어서 운 적도 많았다. 눈이 작게 태어나고 싶어서 그런 것도 아닌데 외모로 사람을 평가하고 이름 대신 별명만 부르는 것은 친구를 배려하는 행동이 아니라고 생각했다. 어쩌면 진짜 내 눈이 작아서 자격지심으로 그렇게 새우젓이라고 부르는 친구들이 싫었는지도 모르겠다.

그래서인지 어렸을 때부터 외모에 자신이 없었다. 눈 크고 코 높은 친구들을 보면 마냥 부러웠다. 외모가 전부는 아니지만, 외모지상주의가 심한 우리나라에서 외모는 너무나 중요했기 때문이다. 나이가 들면서 외형적으로 보이는 것보다 내면적인 아름다움이 인생을 살아가는 데 더 중요하다는 것을 깨닫고 난 이후부터는 자신이 없었던 내 외모도 꽤 사랑스럽게 보이기 시작했다.

[10대/마음이 웃는 말]

"너희 엄마 음식은 너무 맛있어."

초등학교 다닐 때만 해도 노래방, PC방이 생기기 이전이라 친구들과 놀 수 있는 유일한 공간은 골목, 놀이터 그리고 집뿐이었다. 친구를 너무 좋아했던 나는 기회만 생기면 친구들을 집으로 데리고 와서 놀았다. 전업주부였던 엄마는 귀찮고 싫을 수도 있는데 전혀 싫은 내색하지 않으시고 친구들을 위해 정성스럽게 간식을 차려 주시고 늦게까지 있으면 식사도 차려 주셨다.

그때마다 아이들은 "너희 엄마 음식 진짜 잘하신다. 엄청 맛있어."라고 하면서 어른보다 더 많이 먹곤 했다. 나에게 하는 말은 아니었지만, 엄마가 만든 음식을 친구들이 맛있게 먹으면 내가 더 기분이 좋았다. 지금 생각하면, 엄마의 음식솜씨를 좀 더 자랑하고 싶어서 자주 친구들을 집으로 데려왔는지도 모르겠다.

엄마의 음식은 사랑이다. 가족을 위해 정성스럽게 식사를 준비하고 그 음식을 맛있게 먹는 식구들을 보면 흐뭇함과 보람을 느낀다. 엄마는 그렇다. 몸이 아파도 식구들의 식사는 거르지 않고 챙기신다. 그런 내리사랑에 나 또한 엄마가 되고 식구들을 위해 사랑을 담아 음식을 준비한다.

[20대/마음이 우는 말]

"미안. 몰랐어."

낯선 타지에서의 유학 생활은 녹록하지 않았다. 중학교 때부터 수많은 영어단어를 외웠지만, 막상 영어권 나라에서 생활하려니 제대로 된 문장 하나 말할 수 없었다. 영어연수를 받고 대학 입학을 했어도 외국에서의 대학 생활은 한국보다 몇 배의 노력이 더 필요했다.

해외 대학에서는 시험도 중요했지만, 더 중요하게 평가되는 것이 과제Assignment였다. 하루는 같은 과목을 듣는 한국 선배가 참고만 할 테니 과제 좀 빌려 달라고 간곡히 부탁했다. 채점 기준이 엄격하기 때문에 절대 베끼지 말라고 신신당부하고 빌려줬지만, 과제 점수를 보고 놀라지 않을 수 없었다. 나는 0점 처리가 됐고 그 선배는 -50점 처리가 된 것이다.

점수에 대해 이의제기를 하러 갔을 때, 교수의 한마디에 어떤 반박도 못 하고 쥐구멍이라도 있으면 들어가고 싶은 심정이었다. 오타까지 베껴 쓴 선배의 파렴치한 행동에 화가 났다. 거절하지 못하고 과제를 빌려준 나 자신이 너무나 한심스럽고 미웠다. 고스란히 베껴 쓴 이유를 묻자 "미안. 진짜로 엄격할지는 몰랐어."라고 하며 자신이 무엇을 잘못했는지 모르는 말투로 답했다. 비록 그 과목은 재수강했어야 했지만, 선배가 진심으로 자신이 한 일에 대해 반성하고 용서를 구했다면, 지금까지도 좋은 선후배 사이로 남지 않았을까?

거절할 줄 아는 것도 자기 잘못을 인정할 줄 아는 것도 용기 있는 자만이 할 수 있는 선택이라는 것을 비싼 값을 치르고 나서야 알게 되었다.

[20대/마음이 웃는 말]

"진짜 수고 많았어. 진심으로 축하해."

여러 우여곡절 끝에 6년의 유학 생활은 대학 졸업장과 함께 마무리되었다. 다양한 국가에서 온 친구들과 함께 생활하면서 얻은 경험은 국제적인 시야를 넓힐 수 있었던 소중한 시간이었다. 반면 소중한 가족과 친구가 옆에 없다는 것은 견디기 힘든

외로운 시간이기도 했다.

졸업하고 한국에 귀국했을 때 가족 외에 가장 기뻐해 준 사람은 역시나 나의 죽마고우들이었다. 1년에 한 번 볼까 말까 했지만, 외국에서 고생하고 있는 나를 항상 응원해 주고 격려해 준 친구들. 인터넷도 없었던 그 시절에 깨알 같은 글씨로 손 편지를 써 준 친구들.

"주희야, 진짜 너무 수고 많았어. 얼마나 힘들었니? 진짜 진심으로 축하해."

서로 다른 길을 가고 있지만, 항상 마음 깊은 곳에서 서로를 아끼고 응원해 주는 우정이 있었기에 타지의 유학 생활도 버틸 수 있었다. 한국에 오면 웃으며 반겨 주고 또 헤어질 때는 울면서 다시 만날 날을 기다려준 친구들의 우정은 지금까지도 마음 안에 고이 남아있다.

[40대/마음이 우는 말]

"너무 예민한 거 아냐? 뭘 그런 걸로 그래. 다 내려놓아."

어렸을 때는 너무 느리다고 엄마한테 잔소리도 많이 들었던 나인데 언젠가부터 완벽해야 하고 어떤 것이 뜻대로 안 되면 불편해졌다. 아이를 키우면서도 어디 다치고 아플까 싶어 전전긍긍했다. 나를 보고 몇몇 친구들은 이렇게 말한다.

"네가 너무 예민해서 그래. 그럴 수도 있지. 그냥 넘겨. 다 내려놓아."

걱정이 많은 성격이라 다른 사람 눈에는 모든 걸 예민하게 받아들이는 것처럼 보였나 보다. 맞는 말일 수 있지만 왠지 모르게 내 마음을 이해 못 해주는 친구에게 섭섭한 마음이 들었다. 서로 상황을 받아들이는 마음과 기준이 다른데 예민하다는 이유로 그냥 다 내려놓으라고 하니 서운했다. 내가 뭘 그리 움켜잡고 살기에 그런 말을 하나 싶어 따지고 싶은 마음도 생겼다.

친구도 나를 걱정해서 한 말이었겠지만 사실 친구에게 듣고 싶었던 말은 "요즘 무언가 많이 불안하고 힘든가 보네. 걱정하지 마. 괜찮아질 거야."라는 위로의 말이 아닐까 싶다.

[40대/마음이 웃는 말]

"다 잘될 거야."

우리는 누군가 힘들어하거나 힘든 상황에 부닥치면, '다 잘될 거야.'라는 말을 자주 한다. 이 말은 사람에 따라 또 처한 상황에 따라 받아들여지는 느낌이 다르다. 상대방의 상황에 대한 충분한 공감이 뒷받침되지 않은 진심은 그냥 형식적인 말로만 느껴질 때가 있다.

중·고등학교 생활부터 시작해 지금까지 한결같이 옆에서 진심으로 응원해 준 친구가 있다. 때로는 엄마처럼 때로는 친언니처럼 기쁜 일 힘든 일 모든 일을 같이 공유할 수 있는 친구 말이다.

그 친구가 잘하는 말이 "다 잘될 거야. 걱정하지 마."다. 감정

없이 형식적으로 하는 말이 아닌 진심으로 위로하는 말이다. 아이의 문제로 고민할 때도, 부모님께 섭섭하고 짜증 날 때도, 남편과의 문제로 속상할 때도 그 친구와 한참을 얘기하고 나면 따뜻한 품에 안겨있는 듯 위로받고 다시 설 수 있는 용기를 얻는다. 아빠와 이별했을 때도 항암치료로 힘든 몸을 이끌고 나를 위로해 주기 위해 찾아와준 고마운 친구.

누군가에게 힘이 된다는 것은 진실한 마음이 통하지 않으면 가능하지 않다는 것을 안다. 친구의 진심이 전해진 것처럼 내 주변 사람을 챙기고 위로와 용기를 주는 것이 내 삶의 사명이 되길 소망해 본다.

3
사회 안에서

[선생님/마음이 우는 말]

"너 이렇게 공부해서 대학 문 앞에라도 가겠어?"

자녀의 교육에 있어서는 열성이셨던 엄마께서 응급처방을 받는 심정으로 부족한 수학 성적을 올리기 위해 과외를 시켜주셨다. 너무 오래전이라 그 선생님의 성함도 생김새도 기억이 흐릿하지만 앞으로 가능성이 무궁한 어린 나에게 했던 그분의 말은 아직도 내 마음 한구석에 비수로 박혀있다.

"너 이렇게 공부해서 대학 문 앞에라도 들어갈 수 있겠어?"

그때는 어려서 반박을 할 수도 없었고 단지 서울대 나왔다는 것 때문에 그 선생님이 하는 말이 다 옳게만 느껴졌다. 얼마나 능력 있고 잘 가르치는지도 모른 채 말이다. 그냥 하라는 대로 숙제 내 주면 하고 마치 꼭두각시 인형처럼 시키는 대로 했다. 수학을 싫어하지는 않았지만 공부한 시간 대비 성적은 쉽게 오르지 않았다. 시험 성적이 오르지 않으면 격려와 용기는커녕 차가운 비난과 경멸을 쏟아부으며 하고자 하는 마음조차도 송두리째 짓밟아버렸다.

그때 했던 비난의 말 대신 "문제를 풀 때 어떤 부분이 가장 힘들어? 지금 성적이 하는 것에 비해 안 나오는데 문제점이 무엇인지 함께 찾아보자. 급하게 생각하지 말고 끝까지 최선을 다해 보자. 선생님이 도와줄게."라고 했다면 수학을 마냥 어려운 과목으로 생각하지는 않았고 수포자의 길을 걷지도 않았을 것이다.

[선생님/마음이 웃는 말]

"잘했어. Well done."

유학생으로 영어권 나라에서 교과목 수업을 듣는 것은 쉬운 일은 아니다. 하지만 수학은 조금 다를 수 있다. 용어만 숙지하고 있으면 다른 과목에 비해 수월하다. 특히 한국에서 고등학교를 졸업했다면 외국에서의 수학은 식은 죽까지는 아니지만 가장 쉬운 과목일 것이다. 수학을 좋아했지만 잘하지 못하는 나도 외국에서는 수학이 가장 해 볼 만한 과목이었다.

그렇게 첫 수학 시험을 봤다. 근데 이게 웬일인가? 모든 문제가 주관식이었다. 문제 하나 나오고 답 쓰는 공간이 종이의 반을 차지했다. 풀이 과정을 최대한 꼼꼼히 작성했지만 쓰는 과정에서 계산 오류가 있었다는 것을 시험지 내고 나서야 알았다. 첫 시험인데 완전히 망했구나 싶었다.

점수를 받고 또다시 깜짝 놀랐다. 점수가 상상외로 너무 잘 나온 것이다. 알고 보니 답이 틀려도 풀이 과정 하나하나에 배점이 있어 점수가 높게 나올 수 있었다. 작은 것에도 "Well done! Excellent! 잘했다."고 칭찬을 아끼지 않는 선생님 덕분에 수학의 재미를 느낄 수 있었다. 결과도 중요하지만, 과정을 칭찬해 주신 선생님이 있었기에 훗날 일하면서도 과정의 중요성을 적용할 수 있었다. 칭찬이 나를 수포자의 길에서 탈출할 수 있게 했다.

[직장/마음이 우는 말]

"선택은 네가 하는 거잖아."

낮에는 친정엄마가 아이들을 돌봐주시지만 퇴근 이후에는 모든 것이 나의 몫이었다. 매일 밤 야근하고 주말까지 출근해야 했던 남편은 아이들과 시간을 함께 보내고 싶어도 바쁜 일정으로 육아에 신경을 쓸 틈이 없었다. 친구들을 만나고 회식으로 매일 늦는다면 잔소리라도 했겠지만, 온전히 회사 일로 파김치가 되어있는 남편에게 뭐라고 할 수도 없었다. 모든 상황을 다 이해하지만, 독박육아에 대한 불만은 점점 커져만 갔다.

퇴사한 직장 동료와 오랜만에 만나 이런저런 얘기를 하다가 일과 육아에 대한 워킹맘의 고충을 신랄하게 털어놓았다. 독박육아에 대한 마음, 남편에 대한 불만 등 한참을 얘기하는데 그 동료의 한마디를 듣는 순간 더 이상 다음 말을 이어갈 수가 없었다.

"그렇게 힘들고 지치면 독박육아 못 하겠다고 해. 힘든데 왜 참고 해. 그렇게 말하지도 않고 불평만 해? 선택은 네가 하는 거잖아."

그 말을 듣는 순간 날카로운 면도날에 베인 듯한 느낌이 들었다. 차갑고 아팠다. 어떤 선택이든 내가 해야 하는 것은 맞지만, 그때 나는 따뜻한 위로의 말 한마디가 더 필요했는데 말이다.

[직장/마음이 웃는 말]

"선배님 수고 많으셨어요. 잘 쉬고 오세요."

출산 휴가 이외에는 한 번도 제대로 쉬어보지 않았던 내가 큰 결심을 하게 되었다. 쉬어가자. 잠시 일을 접어 두고 지쳐있는 몸과 마음을 살필 시간이 필요했다. 요구했던 사항들은 받아들여지지 않았지만, 다행히 모아 둔 휴가를 한꺼번에 쓸 수 있게 배려해 줘서 조금은 쉬어갈 수 있게 되었다.

휴직에 들어가기 전날에 친한 선후배들이 찾아와 따뜻한 마음을 전달해 주었다.

"그동안 너무 수고 많으셨어요. 쉬시는 동안 일 생각은 1도 하지 말고 푹 쉬다 오세요."

누구에게 인정받고 싶어 일한 것은 아니지만 힘든 시기에 홀로 일하면서 누군가의 위로와 내가 힘든 것을 알아봐 주는 동료가 있었으면 했나 보다. 그 말을 듣는 순간 마음이 뭉클해졌다. 일이 아무리 힘들고 지쳐도 그동안 회사생활을 헛되이 하지는 않았나 싶었다.

위로받는다는 것은 지금 내가 처해있는 상황을 누군가가 들어주고 이해해주고 공감해 주는 것이다. 직장 동료에게 들은 진심 어린 위로의 말은 힘든 순간을 순식간에 녹일 힘이 있다. 그런 힘으로 지쳐있는 또 다른 동료에게 따뜻한 마음을 전달한다.

"오늘도 수고 많으셨어요. 푹 쉬세요."

[아이의 선생님/마음이 우는 말]

"어머님 지금까지 뭐 하셨어요?"

오랫동안 교육 정책 쪽 일을 하면서 다양한 교육계의 인사들을 만날 기회가 많았다. 수없이 많은 사람을 만났지만 가장 힘든 만남이 아이의 선생님을 만나는 것이다. 학교 담임선생님부터 시작해서 학원 선생님까지 말이다.

아이가 고학년에 올라갈수록 다양한 학원 선생님과 면담했다. 아이가 학원을 늦게 다니기 시작했기 때문에 선행의 속도는 다른 아이들에 비해 현저히 늦었다. 학원 선생님과 상담할 때마다 내가 무슨 죄인이라도 되는 듯 작아져만 갔다. 선행 제대로 안 시킨 죄인 엄마.

한번은 새로운 영어 학원 선생님과 상담하는데 이렇게 말씀하셨다. "어머님 지금까지 선행 안 하시고 뭐 하셨어요?" 어이가 없었다. 나도 한다고 했는데 여기서 이런 이야기를 들어야 할 이유가 있나 싶었다. 아무리 선행이 안 되고 성적이 안 나와도 이미 늦었다는 식의 말은 아이에게도 나에게도 상처였다. 그때가 예비 고1이었는데 말이다.

어느 순간부터 선행을 시키지 않으면 엄마 역할을 제대로 못하는 엄마로 인식된다. 그런 사회적 분위기가 만들어지고 있다는 것이 씁쓸했다. 아이를 무조건 달리게만 하는 것보다는 아이가 무엇을 위해 공부해야 하는지 알아차리게 하는 것이 먼저일 듯하다.

[아이의 선생님/마음이 웃는 말]

"재주가 많은 아이예요. 잘 자랄 테니 믿고 지켜봐 주세요."

어려서부터 예민했던 아이가 첫 학교생활에 원만하게 적응할 수 있도록 다양한 옵션을 찾고 많은 정보를 수집했다. 열린 교육을 하는 초등학교에 보내면서 가장 감사했던 것은 아이를 있는 그대로 봐주시는 선생님이었다.

말수도 없고 내성적인 아이이기 때문에 학교생활을 어떻게 하고 있는지 아이를 통해서는 도통 알 수가 없었다. 상담 기간에 학교에 갔을 때 선생님의 말씀을 듣고 안도할 수 있었다. "너무 걱정하지 마세요. 재주가 많은 아이예요. 잘 적응하면서 커갈 테니 믿고 지켜봐 주세요." 그때는 그냥 그렇구나 싶었다. 아이를 좋게 봐주신 선생님께 감사한 마음뿐이었다. 시간이 흘러 아이가 사춘기 터널을 통과하면서 그때 선생님께서 하셨던 말씀이 다시금 뇌리를 스쳤다.

아이를 믿고 있는 그대로 지켜봐야 했는데 걱정이 앞을 가려 아이의 장점을 제대로 못 보고 있었다. 잘 자랄 테니 믿고 지켜봐 주라고 하신 선생님의 말씀대로 이제는 아이가 선택한 길을 믿어 주고 묵묵히 지지해 주고 있다. 이것이 부모가 해야 할 역할임을 깨닫기까지 오랜 시간이 걸렸지만, 지금이라도 알고 실천할 수 있음에 감사하다.

나의 언어의 한계는 나의 세계의 한계를 의미한다.

-비트겐슈타인-

Part 4

이은미

1

가정 안에서

[부모/마음이 우는 말]

"착한 우리 딸"

엄마의 입버릇 같은 '착한 우리 딸'은 나를 옴짝달싹하지 못하게 만들어 버렸다. 이십 대 중반이 되고 앞으로의 진로에 대해 고민이 많았던 시기, 하는 일이 있었지만 다른 일을 하고 싶었다. 그러려면 공부해야 하는데 되도록 해외에서 공부하고 일하고 싶었다.

수없이 고민하고 방황하다 여행을 빙자한 사전 조사를 하러 유럽으로 떠났다. 처음 가본 유럽이었지만 딱 여기 살고 싶다는 강력한 생각에 사로잡혔다. 마음 같아서는 한국 생활을 정리하고 그렇게 주저앉고 싶었다. 그래서 그곳에서 어학원을 알아보고, 체류하는 방법들을 알아보기 시작했다. 생각보다 어렵지 않게 공부하며 머무를 수 있을 것 같았다. 어느 정도 방향성을 갖춰놓고 귀국했다.

이제는 사직서를 내고 한국 생활을 정리하고 다시 떠나기만 하면 되는 터였다. 그런데 차마 엄마 앞에서 입이 떨어지지 않았다. 착한 딸은 엄마가 한 번도 말하지 않았지만, 엄마 옆에 머물며 결혼하고 잘 사는 모습을 보여야 한다고 생각했다. 한참을 망설이던 나는 결국 말도 꺼내 보지 못하고 시작도 못 한 유학 생활을 정리했다. 마음속 설렘과 부푼 꿈은 다시 트렁크로 고이 접어 넣어버렸다.

[부모/마음이 웃는 말]

"우리 딸은 착한 딸이야."

"우리 딸은 다른 건 몰라도 정말 착해. 진짜 착한 애야. 살면서 속 한번 안 썩이고."

엄마에게 유일한 딸 자랑은 '착하다'였다. 엄마에게는 아마도 그 착하다는 말이 딸에 대한 고마움과 미안함을 모두 담은 표현일 것이다. 이 말은 괜찮은 딸이라는 인정 같아서 나를 미소 짓게 했다. 혹여 나쁜 짓을 하게 되면 엄마를 배신하는 것 같아, 혹은 엄마의 사랑을 받지 못할 것 같아 어떤 일탈도 나 스스로 허용하지 않았다. 그런 탓에 큰 굴곡 없는 안전한 삶을 살아내고 있다.

중학교 시절 엄마는 집 바로 앞에 방 하나를 잡아주셨다. 당시 엄마와 사는 우리 집은 이 층이었고 일 층에 작은 방이 하나 있었는데, 그곳을 혼자 사용하라고 해주셨다. 사춘기였던 나는 엄마에게서 독립한 것처럼 신이 났다. 온전히 나만의 비밀 공간이었다. 그 공간에서 무슨 짓을 해도 엄마는 알기 쉽지 않을 것 같았다. 친구들이 하나둘씩 내 공간으로 모여들었다. 호기심 어리고 치기 어린 나이에 어른들이 금기시한 행동들을 해 보자는 친구들의 제안에 흔들렸지만 착한 딸은 결국 친구들을 멀리했다.

엄마의 착한 딸로 지내고 싶은 마음은 내 행동의 기준이 되어주었고 한없이 엇나갈 수 있었던 사춘기 아이를 항상 제자리로 데려다주었다.

[부부/마음이 우는 말]

"다시 태어나면 결혼은 하지 않을 거야."

사랑을 많이 받고 자라서인지 본인이 가진 사랑 역시 많은 남편을 보며 참 부러웠다. 빛나는 모습만 보이던 연애 시절 남편을 보며 든 생각이었다. 어느 날 그 부러운 사람이 결혼하자고 했다. 그렇게 오래오래 행복하게 살 줄 알았지만, 삶의 굴곡은 그 사람의 빛나는 부분을 그림자로 바꿔 놓았다. 결혼은 책임감을 주고 자유를 앗아갔다. 개인의 자유와 자신의 가치를 최우선으로 두고 살아가던 남편은 결혼을 후회했다. 결혼한다면 너와 하겠지만 다시 태어나면 결혼생활은 하지 않겠노라고 셀 수도 없을 만큼 말하는 그의 말에 수없이 상처받았다.

이상적인 가정을 꿈꿨던 나에게 이 말의 해석은 '나는 이 결혼생활이 싫어. 너 때문에 내 삶이 재미없고 내가 하고 싶은 걸 못 하게 된 것 같아 억울해.'였다. 그런 말을 들을 때면 어김없이 나는 나를 쪼아댔다. 상대에게 화가 났음에도 나 자신의 부족함을 먼저 찾아냈다. 무엇을 더 어떻게 해야 상대가 만족할지 생각하다 보면 가슴은 답답하고 막막해졌다. 내가 원하던 가정의 모습이 아니었다. 친밀함과 화목함은 온데간데없이 사라지고 억울해하고 답답해하는 이 관계가 맞는 건지 다시 생각하게 되는 말이다.

[부부/마음이 웃는 말]

"너는 뭘 해도 될 사람이야."

"너는 뭘 해도 될 사람이야." 이 말은 내가 꽤 괜찮은 사람이라고 믿게 해주었다. 자신을 믿지 못하고 부족함에 허덕이며 애쓰기만 했던 삶에 "너는 충분히 할 수 있는 사람이야."라는 말은 그 어떤 말보다 나를 채우고 더 나아갈 수 있게 만들어준다.

앞으로 나아가고자 하는 사람들을 돕고 싶어 늦은 나이에 코칭 공부를 시작하고 자격증을 따고 라이프코치가 되었다. 그렇게 3년째가 되었을 때 내 삶을 되돌아보며 스스로 푸념하듯 말했다.

"맨날 이것저것 배우기만 하고 원하는 것만큼 누군가를 돕지도 못하는 것 같아. 그만둘까 싶네." 신랑은 어느새 이야기해준다. "그동안 너에게 감사를 표현한 사람들도 많지 않아? 왜 아무것도 안 했다고 생각해?" 아차 싶어진다. 내가 그동안 받았던 감사와 고마움은 온데간데없어지고 내가 원하는 모습이 되지 않아 동동거리는 모습에만 초점이 맞춰져 있었다.

신랑은 자기가 본 내 모습이 어떠했는지 이야기해준다. "너처럼 힘들었던 사람들 돕겠다고 배우면서 새벽이고 밤이고 코칭 했잖아. 너는 뭘 해도 될 사람이야." 나를 눈에 담고 기억에 담아둔 남편의 말에 마음이 다시 두근두근 행복했던 그 순간으로 돌아갔다.

[자녀/마음이 우는 말]

"엄마 미안해…."

덜컥 가슴이 내려앉는다. 이번에도 아이가 먼저 사과한다. 아이에게 실컷 야단을 치고 비난을 던져놓고 여전히 풀지 못한 분을 삭이고 있는 나에게 아이는 언제나 먼저 다가와 "엄마, 미안해."라고 말한다. 그런 아이를 보면 마음속에서 온갖 감정들이 요동친다. 미안함과 죄책감, 여전히 남은 분노와 짜증, 그리고 잠시 뒤 몰려오는 두려움이다. 이 모든 감정이 엄마를 사로잡는 줄도 모르고 아이는 연신 고개를 떨군다. 그 순간만은 아이를 안아주고 싶지만, 감정 무게만큼 몸이 옴짝달싹하지 않는다.

전이라면 그런 상황을 뭉개버리고 찝찝함으로 넘어갔다. 그런 일이 쌓여가며 아이와의 관계는 소원해졌다. 엄마인 나도 어떻게 해야 할지 모르겠는 일들이 계속 발생했다. 그래서 말과 마음공부를 시작했다. 그러면서 이제는 나에게 묻는다.

"내가 원하는 게 뭐지?" 스스로 단번에 대답한다.

"아이와 친밀한 관계를 맺고 아이가 안전함을 느낄 수 있는 엄마가 되는 것."

"그럼 내가 지금 무엇을 해야 하지?"

내가 할 행동을 정하고 아이에게 천천히 다가가 엄마의 마음을 전한다. "엄마가 미안해." 우리는 완벽히 맞춰진 퍼즐은 아니지만 서로에게 맞춰 성장 중인 게 아닐까 싶다.

[자녀/마음이 웃는 말]

"우리 엄마가 더 낫지"

한 번쯤은 "우리 엄마 최고"라는 이야기를 듣고 싶었다. 야속하게도 아이는 그 말을 해주지 않았다. 다른 아이들은 많이도 해준다는 그 말을 해주지 않는 녀석이 야속하기까지 하다. 그러다 남편이 아들과 있었던 일화를 이야기해준다.

아이와 유튜브를 보다가 예쁜 여자 연예인들이 나오는 광고를 보고 남편은 말했다.

"이 여자 연예인 진짜 예쁘다."

"… 아빠는 이 여자가 예뻐? 우리 엄마가 더 낫지!"

그 여자 연예인은 무려 아이돌이었다. "아들이 엄마가 더 이쁘대요. 엄마가 훨씬 낫대." 신랑은 히죽거리며 말을 전한다. 아직은 아이돌보다 엄마가 더 이뻐 보인다는 말에 나도 모르게 미소를 짓는다. 왜 이리 기분이 좋을까 싶다.

아이에게는 언제나 예쁘고 웃고 있는 엄마로 기억되고 싶은 마음이 아닐까 싶다. 아이에게는 웃는 얼굴, 웃는 말로 항상 기쁘게 해주고 싶은데, 현실의 나는 어떤 모습인지 돌아보게 된다.

2

우정 안에서

[10대/마음이 우는 말]

"왜 이렇게 오바해?"

지금 생각해보면 나는 엄청나게 예민한 아이였다. 보는 것만으로도 그것의 느낌이나 촉감이 느껴지곤 했었다. 특히 나무나 뱀들 파충류만 보면 기겁을 해댔다. 그것을 알 리 없는 같은 반 남자아이들은 곤충, 뱀의 모형을 들고 와서는 아이들을 놀래주기 좋아했다. 혹여나 나에게 들이닥칠까 노심초사했다.

어느 날, 의자에 앉아있는데 아이들의 소리치는 소리가 들렸다. 뒤를 돌아봤을 때 뱀이 내 눈앞에 와있었고 소리도 지르기 힘들 정도로 온몸에 힘이 들어갔다. 그대로 굳어버린 것 같았다. 그리고 잠시 후 나도 몰랐던 내 안의 비명이 튀어나왔다. 온몸의 털이 쭈뼛거렸고, 쫓아오는 아이들을 피해 계속 도망쳤다. 그 순간이 생의 마지막인 것처럼 죽을힘을 다해 도망쳤다. 그러다 선생님이 들어오셨고 상황이 일단락되는 듯했다. 선생님은 장난을 시작한 남자아이를 불러 주의를 주셨다.

수업 내내 가슴이 두근거렸다. 뱀 모형을 보고 그런 것도 있었지만 막상 상황이 종결되고 나니 아이들이 나를 어떻게 볼지가 두려워 가슴이 조여 왔다. 아니나 다를까 수업 시간이 끝나자마자 아이들이 한둘 지나가며 "왜 저렇게 오바해?"라는 말을 흘렸다. 선생님에게 주의를 들은 남자아이도 "뭐야 재 완전 오바쟁이네." 순식간에 "오바쟁이"라는 꼬리표가 붙어버렸다. 그 꼬리표는 생각보다 깊고 큰 것이었다. 장장 일 년 동안 꼬리표가 따라다녔다. 말은 행동을 제한했고 그 후로는 아무리 견디기 힘든 것이 와도 입을 앙다물게 되었다.

[10대/마음이 웃는 말]

"우리 같이 앉을래?"

소풍날 아침이었다. 삼삼오오 친구들은 함께 무리를 지어 앉아있었다. 나는 단짝 친구도 없고 인기가 있는 편도 아닌지라 버스에 올라타 앞만 주시하며 멍하게 앉아있었다. 분명 인원수가 짝수라 누구와라도 앉게 될 테니 내가 먼저 나서지 않아도 괜찮을 것 같았다. 창밖을 보고 있는데 한 번도 말해본 적 없는 아이가 자리 앞에 서서 웃으며 말했다. "우리 같이 앉을래?" 어색한 미소로 답했다. "그래."

옆에 앉은 아이는 간식은 뭘 싸 왔는지, 가는 데 얼마나 걸리는지 조곤조곤 나에게 말을 걸어왔다. 워낙 대화하는 것에 서툰 나였지만 이번만큼은 어렵지 않게 그 아이와 이야기를 이어 갔다. 소풍지에 도착해서도 같이 활동하고 점심도 나눠 먹었다. 다행히 학교로 돌아오는 차 안에서도 함께 앉아 돌아왔다.

사람과의 관계에서 먼저 말을 건네는 것도 상대가 말을 걸어오면 받아주는 것도 힘들었었는데, 나에게 먼저 말을 건네 준 친구의 한마디 덕분에 나에게도 조금 편안한 친구가 생겼다.

[20대/마음이 우는 말]

"그 학교는 어디에 있어요?"

원하는 대학에 진학하지 못했다. 처음 맛본 쓰디쓴 실패 앞에서 주저앉아버렸다. 대학에 진학하는 기회가 남아있음에도 방법은 생각도 하지 않고 행동도 하지 않자 엄마는 꽤 속을 태우셨다. 엄마는 친한 친구에게 연락해서 어떻게든 어디든 원서 넣기를 부탁하셨다. 친구는 남은 대학에 원서를 넣기 위해 아무 의지도 없는 나를 끌고 다녔다. 다행히 지원한 여러 곳에서 합격 소식을 받았다. 무슨 생각이었을까? 캠퍼스의 낭만을 느끼고 싶었던지 학교가 큰 곳으로 가겠다고 생각했고, 경기도 끝쪽에 있는 학교에 입학하게 되었다. 왠지 내키지 않는 시작이었다. 다른 친구들은 서울에 있는 4년제 대학에 모두 진학했기에 내 학교에 대해서는 별로 말하고 싶지 않았다.

학교에 정을 붙이지 못한 채 고등학교 친구들과 연락하며 지내다가 친구들 학교 축제에 놀러 가게 되었다. 서울 명문대에 다니고 있던 친구는 나를 데리고 축제 이곳저곳을 구경시켜주었다. 그러다 친구의 학교 친구들과 이야기를 나누게 되었는데 자연스럽게 학교를 이야기했다. "그 학교는 어디에 있어요?" 아마도 무심하게 별 뜻 없이 내뱉은 말일 것이다. 그러나 나는 그 지점에서 그동안 꾹꾹 눌러놓았던 나의 수치스러움과 마주해야 했다.

[20대/마음이 웃는 말]

"넌 정말 빛나는 사람이야."

20대 초 학교에 다니며 아르바이트했다. 막연히 돈을 벌고 싶었다. 그래서 학업보다는 아르바이트에 더 시간을 투자하고 집중했었다. 그때 함께 일하던 "그레이스"는 환상 속에 사는 사람 같았다. 우리는 일할 때 서로의 닉네임을 불렀는데 닉네임처럼 우아한 사람이었다. 언제나 활력이 넘치고, 사람을 볼 때도 긍정적인 부분을 보고 느끼는 대로 표현했다. 살면서 이렇게 자유로우면서도 아름답게 자기 생각을 표현하는 사람을 보지 못

했다.

객관적이라면서 자신의 판단으로 사람들을 평가하는 말에 익숙했던 나는 그녀와의 대화에서 꽤 큰 충격을 받았다. '사람을 이렇게 무한히 긍정적으로 볼 수도 있구나.' 내가 무엇이 되고 싶은지 묻고, 될 수 있다고 힘 있게 말해주던 그녀의 모습이 아직도 잊히지 않는다.

'내가 뭐라고.' 하며 스스로 상처 주는 말에 익숙했던 나에게 "너는 빛나는 사람이야. 네가 원하는 건 뭐든 할 수 있어."라고 나를 나보다 더 빛나게 봐주며, 꿈같은 말을 해주던 그 사람의 얼굴, 태도, 목소리가 아직도 기억에 선명하게 남아있다.

[30대/마음이 우는 말]

"일 그만둬라."

20대에 일찌감치 결혼한 나에게 항상 따라다니는 질문은 "아이는 언제 가질래?"였다. 지금 생각해보면 선을 넘는 질문이다.

당시만 해도 결혼하면 아이를 낳고 양육하는 것이 지금보다는 당연한 분위기였고 나 역시 그렇게 생각했다. 하지만 우리 부부는 아이에 큰 뜻이 없었고 각자 사회생활로도 정신이 없었다.

의류회사에 다니면서 내가 원하는 위치까지 빨리 가보고 싶었다. 남들보다 늦게 시작한 일을 성공적으로 일궈내고 싶은 열망이 대단했다. 빠르게 돌아가는 의류 업계에서 남들보다 잘하고 싶은 마음에 야근도 주말 근무도 스스럼없이 해냈다. 그렇게 원하는 길로 계속 가면 된다고 생각했지만 "아이" 문제는 계속 내 발목을 잡았다. 안타깝게도 어느 순간부터는 일과 아이라는 양자택일의 상황에 계속 부딪혔다. 내가 할 수 있는 가장 좋은 선택이 무엇일지를 고민해야만 했다.

"일 그만둬라. 뭐 그렇게 대단한 일이라고!" 기다리다 지친 부모님의 도 넘은 참견에 안타깝게도 나는 내 삶을 온전히 내어드리는 결정을 했다. 누구보다 일로써 인정받고 싶었던 나의 욕구는 그 이후 마음 깊이 억눌려졌다.

[30대/마음이 웃는 말]

"빨리 알아서 좋겠어요."

32살에 출산을 하고 참 우울했다. 새로운 지역, 새로운 사람들, 새로운 생활방식에 적응이 느린 나에게 적응할 시간마저도 주어지지 않았다. 출산의 기쁨이나 엄마가 된 충만함을 느끼기보다는 아이 뒤치다꺼리하며 내 삶에 허덕였다. 무언가 돌파구가 필요했다. 그래서 하루가 멀다고 도서관으로 출근했다. 유모차를 가지고 다니기 힘든 거리였지만 집 안에 갇힌 느낌보다는 몸이 좀 힘들어도 밖으로 향하는 것이 훨씬 좋았다.

그 사이 시간은 흘러 아이는 어린이집에 가고, 그 시간도 어김없이 도서관에서 보내며 다양한 교양강좌를 듣기 시작했다. 부모 교육, 육아에 관한 것 외에도 마음 챙김이나 독서, 글쓰기에 관한 강좌들을 들었다. 그곳에는 다양한 연령대의 사람들이 있었다. 50대 이상의 여성들도 많았는데 그분들은 수업을 함께 듣다가 조금 편한 관계가 되면 어김없이 이런 말을 해주셨다.

"젊은 엄마가 대단하네. 나도 좀 젊을 때 이런 교육을 빨리 알았다면 좋았을 텐데…. 빨리 알아서 좋겠어요." 경력 단절이 계속되고 그로 인해 '늦어버린 사람'으로 나 스스로 치부하며 불안했었는데…. 그 말이 '늦지 않았어. 지금부터 하면 되는 거야.'라는 응원의 말처럼 들려왔다. 한껏 움츠려 있던 나는 다시 가슴을 펴고 나만의 꿈을 꿀 수 있게 되었다.

3

사회 안에서

[선생님/마음이 우는 말]

"네 글은 너무 어두워."

"이상 발표를 마칩니다." 학교 TV를 통해 글쓰기 장원이 자신의 글을 다 읽었다. 분명 어제만 해도 학교 대표로 내 글이 방송에 나왔어야 했다. 하지만 오늘 내 글이 아닌 다른 글이 방송되었다. 한껏 기대하고 있다가 혼란스러웠다. 뭔가 잘못되었다는 생각만 들었다. 선생님이 다가왔다.

"금상이야. 축하해." 아무 말도 못 하는 나에게 선생님이 덧

붙이셨다. "은미 네 글은 좋은데 좀 어두워. 그래서 대상을 못 받게 되었어." 그 말의 뜻이 무엇인지 정확하게 알아들을 수 없었지만, 내가 쓴 글이 별로라는 말로 느껴지고 마음이 답답해져 왔다. 한껏 부풀었던 마음은 쪼그라들 대로 쪼그라졌다.

그때부터 글을 쓰고 남에게 보여주기를 주저하게 되었다. '어둡다'라는 선생님 단언의 평가가 얼마나 삶에 지대한 자국을 남겼는지 모르겠다. 어두운 글이라는 말은 스스로를 어두운 아이로 확대했고 어느 순간부터 나는 나 자신을 그렇게 단정 지어 버렸다. 분명 선생님이 던진 작은 한마디였다. 하지만 내 생각 어딘가에 깊이 자리 잡은 그 말의 덫에 걸려 언젠가부터 스스로 더 나아가지 못했다. 말의 힘이 참 크다.

[선생님/마음이 웃는 말]

"우리 반 대표는 은미가 말아."

"이번 체육대회 대표를 뽑아야 하는데 응원 준비도 열심히 했던 은미가 반 대표를 맡아."라는 말에 가슴이 쿵쾅거렸다. 학교 안에서 평범하기 그지없는 아이였다. 기껏해야 번호로 불려야 존재감이 생기는 아이였다. 그런데 그런 나를 지켜봐 주고 호명해주는 사람이 생긴 것이다.

마음속으로 누군가의 인정과 지지를 끝없이 갈구했다. 눈에 띄게 무언가 잘하는 아이들을 보면 마음이 싱숭생숭했다. 표현할 수 없었지만 부럽기도 하고 질투가 나기도 했다. 선생님은 그런 나를 인정해준 것이다. 인정 욕구의 샘이 모두 말라 목마름에 허덕이던 나에게 그 작은 타이틀은 마치 생명수 같았다.

더 잘하고 싶었다. 더 큰 인정을 받고 싶었는지도 모르겠다. 체육대회를 준비하고 진행하며 무엇인가 그렇게까지 열심히 해 본 적이 있나 싶게 최선을 다했다. 늦은 시간까지 남아 응원가도 만들고 응원 도구도 만들러 뛰어다녔다. 아이들 앞에서 내가 준비한 것들을 시연하고 논의했다. 체육대회 당일도 백방으로 뛰어다니면서도 하나도 힘들지 않았던 기억이 가을만 되면 아직도 떠오른다.

[직장/마음이 우는 말]

"과장님, 이 정도밖에 안 돼요?"

바이어와의 미팅 날은 잘 준비해도 항상 마음이 불안했다. 어떤 책을 잡힐지 예상도 되지 않았기 때문이다. 그날도 준비한 샘플들과 많은 서류를 챙겨 무거운 발걸음으로 바이어를 만나러 갔다. 그럴 때는 마음보다 몸이 더 나를 잘 안다. 물먹은 솜처럼 무거워진 몸으로 엘리베이터를 탄다. 석 달 이상 준비한 샘플들이 부디 바이어 마음에 들어야 하는데 마음이 전전긍긍한다.

만나기로 한 시간보다 조금 일찍 가서 바이어를 기다리는 그 순간들이 두근거린다. 바이어는 해맑은 미소로 인사했지만 아마도 내 얼굴의 미소는 어색하기 짝이 없었을 것이다. 한참 서류와 샘플들을 둘러본 바이어가 입을 뗐다. "과장님, 이 정도밖에 안 돼요? 괜찮은 게 하나도 없네."

얼굴에 열이 오르는 게 느껴졌다. 시선은 어디에다 두어야 할지 몰랐고 입도 떨어지지 않았다. 일에서는 누구에게도 지고 싶지 않았기에 그 말은 꽤 치명적이었다. 또한 그 말은 단순히 일의 차원을 넘어 나라는 존재를 비난하는 것 같았다. 다행히 몇 번의 미팅을 지나며 모든 샘플들을 팔 수 있었다. 하지만 나에 대한 평가는 가슴속에 깊이 자리 잡았다.

[직장/마음이 웃는 말]

"너 없으면 내가 어떻게 일하니"

사직서를 썼다. 한참을 고민했지만 가장 좋은 방법이라고 생각했다. 주변에서는 일도 별로 없고 얼마나 일하기 좋은 환경이냐 했지만 나는 그렇지 않았다. 월급을 받으면 그 이상을 해야 한다고 생각했다. 그건 나만의 신념이었고 그것은 나에게 꽤나 중요한 일이었다. 승진할수록 중요한 일이 생겼지만, 실질적인 일들은 자꾸만 손에서 멀어졌다. 어떤 날은 출근해서 인터넷만 뒤적거리다 퇴근하기도 했다. 사장 조사이며 공부를 하는 것이라 생각할 수도 있었지만 그것만으로는 성에 차지 않았다.

상사에게 사직서를 내며 그간의 답답함과 속상함을 털어놨다. 오랫동안 함께해온 상사는 내 마음을 누구보다 잘 알고 있었다. “그래도 너 없으면 내가 어떻게 일하니, 좀 기다려봐. 너도 적응될 거야.” 그러한 인정이 감사했지만, 더 이상의 성장을 기대할 수 없는 상황에 머무르고 싶지 않았다. 내 안에서 분명하게 더 큰 성장을 원하고 있었다. 상사는 계속해서 나를 말리고 연봉도 재협상해왔지만 내가 원하는 것은 분명했다. 결국 사직서는 처리되었다.

상사의 인정은 오래도록 내가 할 수 있는 사람이라고 스스로 믿게 해주는 중요한 이정표가 되었다. 다른 곳으로 이직 후에도 어려운 상황들이 빈번히 발생했지만, 그 상사의 그 말이 문제가 생기면 해결할 수 있다고 스스로 믿고, 포기하지 않고 나아가게 해주었다.

[이웃/마음이 우는 말]

“엄마가 애를 못 이기네.”

이제는 그만 놀고 집에 가자는 엄마의 말을 거부하는 아이

앞에서 힘이 쭉 빠져버렸다. 매일 반복되는 상황에 돌파구가 필요했지만 어떨 때는 방법을 찾아야 한다는 사실조차 생각해내기 힘들 때가 있다. 나에게 육아는 항상 그런 상황이었다. 이런 내 마음을 알 리 없는 아이 친구 엄마는 무심코 이 말을 내뱉었다. "엄마가 애를 못 이기네."

아이를 이겨야 한다고 생각한 적은 없었다. 나보다 강한 아이라 엄마로서 좀 힘들다고는 생각했었다. 그런 모습이 누군가에게는 엄마 머리 꼭대기에 아이가 있는 것처럼 보인 모양이다. 나도 내 아이가 어려울 때가 많지만 그런 직접적인 말은 내 육아에 대한 평가이고 비난 같았다. 단순히 기분 나쁨을 넘어 금세 불안해졌다. 단순히 그 순간 아이를 다루기 힘든 것을 넘어 뭔가 잘못되고 있다는 생각에 말이다. 그 말은 생각보다 힘이 셌다. 한동안 머릿속에 계속 맴돈다. 결국 못한다는 생각과 무기력은 육아를 더 힘들고 지치게 만들어 버렸다.

[이웃/마음이 웃는 말]

"29층은 어쩜 그렇게 가족이 다 예뻐?"

내 안에 오래도록 원했던 것이 있었다는걸. 이 말을 듣고 비로소 알게 되었다. 원가족 안에서 안전하고 평범하게 살기를 간절히 원했지만 그럴 수 없었다. 부모님은 내가 태어나고 얼마 안 돼 이혼하셨고 경제활동을 해야 하는 엄마는 나를 할머니 댁에 맡기셨다. 할머니는 끝없이 나를 비난했고 미워했다. 항상 화가 나 있던 할머니는 쉽게 내 경계를 무너뜨리고 손찌검하셨다. 부모를 선택해서 세상에 오는 것은 아니니 어쩔 수 없다는 것을 알면서도 가족에 대한 결핍은 아주 오랜 시간 내 발목을 잡았다.

친구들보다 이른 결혼을 하고 누구보다 화목한 가정을 만들고 싶었다. 하지만 누군가와 삶을 공유하고 새로운 가족이 된다는 것은 가족의 개념이 희미한 나에게 미지의 세계 같았다. 책이나 드라마로 간접 체험한 것들을 잘 조합해서 만든 가족의 모습을 떠올렸다. 그런 이상적인 가족이 되어보겠다고 애썼었다. 하지만 그럴수록 우리는 서로 힘들어졌고 서로를 미워하기도 했다.

꽤 시간이 지나며 차츰 알게 되었다. 처음부터 그렇게 힘이 잔뜩 들어간 가족이 될 필요가 없었다. 스스로가 존재하며 서로의 울타리가 되어주는 것만으로도 충분했다. 울타리 없이도 잘 자라온 나와 꽤 성실하고 즐거운 남편이 만들어놓은 작은 울타리에, 독특하지만 호기심 넘치는 큰아이와 좌중을 압도하는 귀여움을 가진 딸. 그렇게 서로의 옆에 있어 주는 것만으로도 충분하다는 것을 깨달았다. 그런 우리를 누군가는 이렇게 봐준다.

"29층은 어쩜 그렇게 가족이 다 예뻐?"

다정하고 조용한 말에는 힘이 있다.

-랄프 왈도 에머슨-

Part 5

강경희

1

가정 안에서

[부모/마음이 우는 말]

"어째 이리 심부름을 안 하려 하니?
고집이 세도 이만저만이어야지."

"엄마, 옥수수 언제 다 자라요?"라며 봄에 씨뿌리는 날부터 옥수수가 다 자라기를 손꼽아 기다렸다. 여름날 저녁, 구수한 단맛을 풍기며 김이 모락모락 나는 찐 옥수수가 한 솥 가득하다. 옥수수 킬러인 내게 갑자기 심부름을 하란다. 교장 선생님 댁에 서울에서 손자, 손녀들이 왔다고 하셨다. 가기 싫었다. 꼼짝하지 않고 앉아서 고개만 저었다. 엄마는 몇 번이나 재촉하셨다. "어째 이리 심부름을 안 하려 하니? 고집이 세도 이만저만이어야지." 엄마의 말씀에 서운하고 속상하고 짜증이 났다.

섬마을에 서울 애들이 왔다고 딸보다 더 챙기시는 엄마가 너무 싫었다. 어린 마음에 서울 애들이랑 비교되는 기분이었다. "당신이 가면 되지. 왜 안 가려는 애한테 자꾸 그래." 급한 일로 나가시던 아버지의 말씀에 조금은 위로가 됐다. 어릴 때 심부름을 안 해 두 분이 싸울 뻔했다고 가끔 말씀하실 때가 있다. 할아버지, 할머니 댁에 심부름 가라면 자다가도 벌떡 일어나 뛰어가던 내가 아니던가?

누구든 잘하던 뭔가를 안 하려거나 꼭 싫다고 할 때는 분명 이유가 있다. 아이들을 키우며 하기 싫다고 우길 때는 좀 더 세심하게 보살피게 되었다.

[부모/마음이 웃는 말]

"딸 사랑해."

지난해 말 아버지는 황반 변성이 심해져 더 이상 일을 하실 수 없게 되었다. 연세가 들면 보통 일을 쉬고 싶어 하지만 아버지는 달랐다. 일하는 낙으로 사시는 분이시기 때문이다. 그저 아버지가 좀 편히 쉬시는 게 소원이었다. 시력이 안 좋아 집에 우두커니 앉아 계신다니 당혹스럽고, 안타깝고 서글펐다.

책 보시는 게 취미니, 책을 보시면 좋겠다 여겼지만, 돋보기를 껴도 글이 잘 안 보인단다. 많이 심란해하시는 부모님을 위해 뭘 하면 좋을지 생각을 모았다. 『아주 보통의 행복』과 『생각의 각도』를 아침마다 한 꼭지씩 낭독해 녹음파일을 만들었다. 부모님과의 단톡으로 보내기 시작했다. 아침 식사를 하시면서, 과일을 드실 때도, 두 분이 소파에 앉아서도 낭독을 들으시며 끄덕끄덕하셨다고 한다. 그때부터인 것 같다. 엄마의 마지막 톡 멘트가 생겼다. "딸 사랑해."

마음이 뭉클하고 따뜻해졌다. 답신으로 하트를 빵빵 날려 드렸다. 남들에게 쉽게도 하는 사랑의 인사가 부모님께 쉽게 나오지 않았다. 어느 날부터 나도 "아빠, 엄마 사랑해요."를 함께 보낸다. 그렇다. 존재 자체를 인정해 주는 사랑의 언어는 언제나 마음도 웃게 만든다.

[부부/마음이 우는 말]

"텁텁하고 뭔 맛인지 하나도 모르겠다."

친구랑 봄이 다 가기 전 한 번이라도 쑥을 캐보자 약속했던 그날이다. 수다 삼매경에 어느새 쑥이 반 봉지나 찼다. 돌아오는 길에 생콩가루도 샀다. 요리 프로에서 봐 둔 담백하고 영양 가득한 쑥국 쉽게 끓이는 법대로 해 볼 참이었다. 쑥을 깨끗이 씻어 콩가루를 듬뿍 넣어 조물조물 무쳤다. 육수를 진하게 끓이고 약간의 된장을 푼 다음 쑥을 넣으려는 순간, 밖에서 길고양이 토리의 다급한 울음소리가 들렸다. 두어 차례 울음소리에 국을 끓이다 말고, 왔다 갔다를 반복했다. 그새 남편이 쑥국을 완성하고 저녁상을 다 차렸다.

"자기야, 쑥국 어때?"라는 내 물음에 "텁텁하고 뭔 맛인지 하나도 모르겠다."라며 더는 쑥국을 먹지 않았다. 손수 쑥을 캐서 새롭게 배운 방법대로 좋아하는 쑥국을 끓여 주려고 애썼다. 그런 내 마음은 하나도 몰라주는 것 같았다. 순간 눈물이 핑 돌았다. "맛만 좋네!" 하고는 혼자 꾸역꾸역 쑥국을 먹었다.

그날 밤, 서운한 마음을 전하며 알게 되었다. 배려란 상대가 원하는 것을 해 주려고 마음을 쓰는 것과 과함은 부족함보다 못하다는 것을 말이다. 원하는 걸 해주는 것도 사랑이지만, 원치 않는 것을 하지 않는 것이 더 큰 사랑임을 알게 되었다.

[부부/마음이 웃는 말]

"그냥 앞으로 하고 싶은 일을 해 봐. 내가 도와줄게."

대학교를 졸업하던 그해는 IMF 시기라 취업이 꽤 힘들었다. 높은 경쟁률을 뚫고 어렵게 교육청 관리과에 첫 발령을 받았다. 그 당시 진로에 깊은 고민 없이 교육이라는 주제라면 그게 무엇이든 크게 문제 될 게 없다고 생각했다.

그러나 사람을 좋아하고, 배우고 가르치며 누군가에게 도움이 되는 것을 좋아하는 나로서는 딱딱한 행정 일이 잘 맞을 리 없었다. 적성에 맞지 않는 일을 평생 해야 한다니 숨이 컥컥 막혔다. 갈수록 일에 대한 흥미도 떨어지고 왜 이 일을 해야 하는지 이유마저 알기 힘들었다. 아무런 낙도 없고, 희망도 보이지 않았다. 이대로 계속하다간 진정 나를 잃을 것만 같았다. 다시 나를 찾고 싶었다. 깊은 우울은 나를 만나게 해 주었다.

"그냥 앞으로 하고 싶은 일을 해 봐. 내가 도와줄게." 그 순간, 뭉클하고 감격스러워 눈물이 났다. 남편의 든든한 지지로 만 5년의 첫 직장 생활을 끝냈다. 덕분에 지금은 사람들을 지지하고 위로하며 힘을 주는 일을 즐기면서 하고 있다.

10년쯤 후, 남편이 정년퇴직할 즈음 자신 있게 말할 거다.
"그냥 앞으로 하고 싶은 일을 해 보세요. 제가 도와줄게요."

[자녀/마음이 우는 말]

"엄마 됐어, 내가 알아서 할게."

딸을 키울 때 기본기 중 하나는 머리 땋기다. 일명 디스코 머리. 똥손인 난 세 줄 땋기로 별 탈 없이 아이들을 잘 키웠다. 하나로 예쁘게 머리를 묶어 보내면 친구들이 땋아줬다며 야무지게 디스코 머리를 하고 온 적도 있었다.

실용댄스를 전공하는 둘째의 수시 실기 고사가 있던 날, 며칠 서울에 머문 적이 있었다. 갑자기 디스코 머리를 땋아줘야 한다며 KTX를 타고 가면서도, 지하철 안에서도 동영상을 보여주며 가르쳐줬다. 마음에 돌덩이 하나 얹은 듯 편하지는 않았지만, 영상을 보며 틈틈이 익혔다. 호텔 방에서도 밤마다 연습에 연습을 했다. 마지막 날 아침 드디어 나의 솜씨를 발휘해야 한다. 요구 조건이 조금 더 난해해지긴 했지만, 열심히 머리를 땋았다.

얼마나 긴장이 되었는지 연습 때보다 잘 안됐다. 땋았다 풀기를 서너 번 반복할 때쯤 "엄마 됐어, 내가 알아서 할게." 그 말이 어찌나 당혹스럽고 부끄럽고 미안했는지 모른다. 야무지게 머리를 틀어 올려 단장하는 딸을 보며 안심이 되기도 했지만, 도움이 못 된 나 자신이 한없이 작아 보였다.

"엄마, 내가 알아서 할게."를 즐겨 쓰며 뭐든 척척 해내는 딸들이 대견할 때도 많다. 하지만 같은 말이라도 상황과 맥락에 따라 의도와는 다르게 전해질 수 있음을 실감했다.

[자녀/마음이 웃는 말]

"엄마 나랑 놀자."

얼마 전 산책을 하다 숲 놀이터를 지나게 되었다. 엄마가 어린 남매랑 함께 시소를 타고 있었다. 어찌나 신나게 타던지 가던 길을 멈춰 한참을 바라봤다. 초등학교 1학년 정도 돼 보이는 여자아이가 엄마와 동생 위치를 정해줬다. 새롭게 바뀐 위치에 앉아 시소 타기를 반복했다. 내 기억엔 아이들보다 엄마의 웃음소리가 더 컸던 것 같다. 바스락거리는 단풍 길을 걸어 내려오며 한동안 생각에 잠겼다.

'온전히 아이들과 즐겁게 놀아준 적이 몇 번이나 있었지?' 늘 마음이 바쁜 엄마여서 아이들과 놀아주는 건 거의 남편 몫이었다. 대학생이 된 두 딸이 "엄마 나랑 놀자."라고 하면 기분이 좋아지고 감사한 마음마저 든다. "함께 영화 보고 싶어요. 맛있는 거 먹으러 가요. 옷 사고 싶은데 엄마가 봐줘요."처럼 특별할 게 없다지만 엄마와 함께하고 싶다는 말을 들으면 그냥 입꼬리가 올라간다.

어릴 때 온전히 놀아준 적이 많진 않지만, 이제라도 두 딸과 함께 놀 수 있는 내가 좋다.

"앞으로도 엄마랑 신나게 놀자. 공주들 사랑해."

2

우정 안에서

[10대/마음이 우는 말]

"이게 뭐가 무섭다고 그래."

울산바위는 돌산에다 가파른 808계단을 올라야 한다. 급경사인 울산바위를 보니 겁부터 났다. 마지막 수학여행이 극기 훈련 같았다. "못 올라갈 것 같아. 너무 무서워…." 말이 채 끝나기도 전에 "이게 뭐가 무섭다고 그래." 친구의 말에 순간, 서운하고 속상한 데다 주눅까지 들었다.

여기저기서 웅성거리는 소리가 들렸다. 남겠다는 친구들도 더러 있었다. "힘든 친구들은 여기서 멈춰도 돼. 괜찮아." 체육 선생님의 말씀에 오히려 용기가 생겼다. '그래 난 여기서 멈추지 않을 거야. 친구들이 할 수 있음 나도 할 수 있어.' 난 거의 울다시피 하며 철계단에 붙어 한 발씩 떼기 시작했다. 아찔한 순간이 몇 번이나 있었다. 숨이 차고, 머리도 아프고 두 다리도 후들거렸다. 손을 잡아주고 괜찮다며 격려해 준 친구들 덕분에 결국엔 울산바위 정상까지 오를 수 있었다. 쉴 새 없이 눈물이 났다.

의욕을 상실하게 하는 비난의 말 대신 마음에 공감하고 격려하는 말의 힘을 제대로 느낀 날이었다.

[10대/마음이 웃는 말]

"경희야, 어딨어? 얼른 나와 봐."

여고 1학년 내 마음을 흔든 선생님이 생겼다. 대다수 친구는 새로 오신 총각 선생님을 좋아했지만, 난 중후한 국어 선생님이 더 좋았다. 시를 읽어 주실 때도 너무 멋졌고, 그냥 이름만 불러줘도 가슴이 콩닥콩닥 뛰었다. 선생님께 잘 보이기 위해 교과서도 미리 읽고 예습도 하며, 국어 시간만 손꼽아 기다렸다.

어느 날부터 친구들이 내가 선생님을 좋아한다는 걸 알게 되었다. 선생님이 복도를 지나가실 때쯤이면, 일부러 나를 불러내던 친구들이 있었다. "경희야, 어딨어? 얼른 나와 봐." 양 볼이 발갛게 물든 채 복도로 뛰어나갔다. 선생님과 우연히 마주친 척하며 인사를 했다. 그럴 때마다 선생님은 넌지시 웃으시며 인사를 잘도 받아주셨다.

학기 초 힘들어하던 내가 어느새 깜찍 발랄 여고생으로 돌아갔다. 국어 선생님의 사랑을 듬뿍 받으며 설레는 여고 시절을 보낼 수 있었다. 내 마음을 알아주고 지지해 준 친구들 덕분이었다.

무조건 내 편이 되어주는 사람들의 존재가, 용기를 내어 뭐든 할 수 있게 하는 힘이 된다는 것을 알게 되었다.

[30대/마음이 우는 말]

"이번에도 바쁘니까 안 되지?"

여고 친구들 네다섯 명은 방학 때면 아이들을 데리고 서울과 통영을 오가며 3, 4일씩 함께 시간을 보냈다. 아이들 나이대도 비슷해서 만나면 엄마들 친구, 아이들 친구가 자연스레 생겼다. 가끔 친구들 소식을 접할 때면 아주 부러웠다. "이번에도 바쁘니까 안 되지?" 한 친구의 말을 듣자, 속상하고도 서글펐다. 언제나 즐기면서 일한다고 여겼는데, 친구들 모임에도 한 번 못 가는 현실이 싫기까지 했다.

그 당시 독서·글쓰기 교실과 창의 역사·지리 교실 홈스쿨을 운영하며 매주 토요일은 문화센터에서 진행하는 수업으로도 꽤 바빴다. 게다가 정기적으로 진행하는 답사까지 있어 동기 모임에 참석하기란 쉽지 않았다.

내 마음 한쪽에서는 "시간 되는 날 먼저 말해 봐. 이번에는 얼굴 보자."라는 말을 듣고 싶어 했는지도 모른다.

[30대/마음이 웃는 말]

"그림책과 함께하는 이 시간이 참 좋아. 덕분이야."

4일 만에 두 살이 된 둘째를 업고 도서관을 다녔다. 동화 구연을 배우며 그림책에 빠졌다. 마음 맞는 엄마들이 모여 도서관 산하 그림책 독서 모임을 만들었다. 창단 멤버가 되어 일주일에 한 번씩 모임을 했다. 함께 그림책 이론서를 공부하고 그림책을 읽고 나누며, '풀꽃'이란 도서관 신문까지 만들게 되었다.

모임이 순탄치만은 않았던 시기, 4대 회장을 맡게 되었다. 동갑내기 친구들, 언니들, 동생들과 함께 다시 마음을 다잡았다. 봄, 가을 도서관에서 하던 그림책 부스 운영도 계속 이어갔다. 도서관에서 장애우 학교로 찾아가는 그림책 독서 수업도 하게 되었다. 당시 도서관 수업으로 새로운 모범사례라고 했다. 1년간의 그림책 독서지도 사례 발표를 위해 국립어린이청소년도서관까지 갔다.

각자 처한 상황이 달라 매주 화요일 오전을 도서관에서 함께 보내기란 쉬운 일이 아니었다. "그림책과 함께하는 이 시간이 참 좋아. 덕분이야." 이 말이 참 따뜻하고도 뭉클했다. 그림책을 사랑하는 친구들, 언니들, 동생들 덕분에 가능한 일이었다. 서로에게 건네는 따스한 말 덕분에 7년간 그림책 독서 모임을 지속할 수 있었다.

육아 문제를 함께 고민하고 해결하는 시간, 나눔을 실천하는 시간, 그림책으로 치유되고 함께 성장하는 마법의 시간이었다. 내 삶의 또 하나의 향기로 남아 있다.

[40대/마음이 우는 말]

"통영 안 가려고. 그러니 너도 맘 쓰지 마. 맘 써 줘 고마워."

힘들 때마다 고향 바다를 찾는 친구가 있다. 시간이 되면 함께 가자는 톡이 왔다. 이번에는 혼자라도 다녀오겠다고 했다. 난 당일 상황을 보고 정하기로 했다. 문득 작년 이맘때가 떠올랐다. 우린 각자 일정을 마치고 통영으로 달렸다. 늦가을 밤 통영대교가 보이는 카페에 나란히 앉아 서로를 토닥이고 위로했던 따스한 추억이 떠올랐다.

“통영 안 가려고. 그러니 너도 맘 쓰지 마. 맘 써 줘 고마워.” 그날 강의를 하려고 나서려는데 톡이 왔다. 순간 미안하고 난처하고 안타까운 마음이 들었다. 혼자라도 다녀온다고 했으면 좀 나았을 것이다. 다음에 꼭 함께 가자는 답신을 보냈지만, 마음이 편하지는 않았다.

친구의 선견지명이 있었을까? 그날 오후, 출장 간 남편이 컨디션이 좋지 않아 예상보다 일찍 집에 와 있었다. 다음 날 코로나 확진이었다. 뒤늦게라도 친구의 배려와 마음 씀을 알게 해준 듯해 오히려 위안이 되었다.

‘그동안 힘들었지, 난 다 알아. 우리 12월엔 무조건 바다 보러 가자.’

[40대/마음이 웃는 말]

“그냥 우리 둘이 제주도 여행 가자.”

1년간 휴직을 한 친구가 연초에 가족여행을 계획하고 있었다. 남편도 사춘기 아들도 썩 여행을 좋아하지 않는다고 했다. 비행기 표를 예매했지만, 아직 시간도 많이 남은 상태였다. "그냥 우리 둘이 제주도 여행 가자."라고 말하는 순간 뭉클하고 고마웠다.

5월이면 가정의 달에 결혼기념일도 있는 데다 일도 많고, 아직 일정이 확실하지 않은 일도 있었기에 바로 승낙할 수가 없었다. 남편과 딸은 무조건 다녀오라며 등을 떠밀었다. 기분 좋은 제의에 남편과 딸의 지지까지 받으니 마음이 더 따스해졌다.

번갯불에 콩 구워 먹듯 4월 초 큰딸의 제주살이 마지막 3박 4일을 함께하게 되었다. 딸과 함께한 일정과 에피소드를 나누며 친구와 즐거운 시간도 가졌다. 가족 여행지로 추천해 준 것 중 송악산 둘레길을 걸으며 가족과 함께한 시간이 제일 좋았다고 했다.

우린 제주도 여행을 함께하진 못했지만, 서로의 입장을 이해하고 배려해 주며, 더 두터운 사이가 되었다.

3

사회 안에서

[선생님/마음이 우는 말]

"오늘부터 핸드볼부로 와."

6학년 체육 시간이었다. 피구의 기본기만 익히고 바로 시합에 들어갔다. 수비팀을 할 때는 요리조리 잘도 피해 다니며 끝까지 살아남았다. 이어 공격팀을 맡자, 친구들과 눈빛으로 사인을 보내며 상대 팀을 제압했다.

"오늘부터 핸드볼부로 와."라는 체육 선생님의 말씀을 듣자, 염려되고, 두렵고, 겁이 났다. 작년에 전학을 와 처음 보는 선생님인 데다 무섭기로 소문이 나 있었기 때문이다. 게다가 핸드볼부, 양궁부, 축구부는 학교 대표팀이라 오후 수업 대신 훈련에 참여해야만 했다.

어쩔 수 없이 핸드볼부로 갔다. 선생님은 핸드볼에 재능이 있다며, 조만간 대회가 있으니 훈련에 합류하라고 하셨다. 거의 한 달 동안 훈련에 참여했다.

대회가 끝나고도 계속하라고 하셨다. 더는 하고 싶지 않다는 내 의견은 끝내 받아들여지지 않았다. 엄마 찬스를 쓰기로 했다. "선생님, 제 딸은 공부를 더 하고 싶어 합니다." 그날 이후 핸드볼부를 나올 수 있었다. 속이 후련했다.

재능을 발견해 주신 선생님이 감사했지만, 욕구를 무시한 채 강압적으로 하라니 내 마음은 열리지 않았다. 마음이 활짝 열렸다면 혹여나 핸드볼 국가대표가 됐을지 누가 알겠는가?

[선생님/마음이 웃는 말]

"선생님의 스트로크*는 진정성이 있어요.
상담가로서 최고의 무기를 가지셨군요."

교육심리 및 교육상담 전공으로 대학원을 다니며 TA 상담사 자격증을 취득했다. 곧바로 상담 경험을 쌓을 기회가 왔다. 운 좋게 대학교 학생상담센터에서 인턴 상담을 할 수 있었다. 장유에서 진주로 주 2~3일, 길게는 5일을 오가기가 쉽지만은 않았다.

상담의 전문성을 높이기 위해 한국교류분석상담학회 상담 전문가 과정도 시작했다. 본격적으로 상담 이론과 실제를 넘나들며 폭넓게 상담 현장을 마주해야 했다. 상담의 질을 높이게 하는 긴 수련이 시작되었다. 다양한 사례의 내담자를 만나야 하니 매번 힘듦의 연속이었다. 초기에는 상담을 잘하고 있는 건지 의문스러울 때도 많았다.

"선생님의 스트로크는 진정성이 있어요. 상담가로서 최고의

---

* 스트로크: 교류분석(TA)에서 언어적, 비언어적 교류 시 주고받는 자극과 반응으로, 인정의 한 단위이다.

무기를 가지셨군요." 나의 수퍼바이저이신 한국통합TA연구소 대표님께 인정 자극이자 마음의 영양소인 스트로크를 받으니 뭉클하고 감격스러웠다.

힘든 시기, 대표님의 스트로크는 내 안의 유능감을 채워주는 비타민 그 자체였다. 진정한 스트로크는 사람을 살리는 강력한 힘을 가지고 있음을 체득할 수 있었다.

[직장/마음이 우는 말]

"경희야 절대 관두지는 마라. 나는 부럽다."

안정적인 평생직장을 관두고 싶어 했다. 좋은 근무 조건에다 상사와 갈등이 있었던 것도 아니었다. 선배와 동료들과의 관계도 원만했기에 모두들 의아해했다. 정작 나 자신은 갈수록 일에 대한 흥미나 의미를 찾기 힘들었다. 평생 원치 않는 일을 해야 한다면 분명 나를 잃을 것만 같았다.

두 번째 발령지인 고등학교 모교에서 담임선생님을 만나게 되었다. 선생님은 제자랑 함께 근무하는 것을 자랑스러워하셨다. 한번은 선생님께 진지하게 고민을 토로했다. 학교 때 나를 떠올리면 교사가 딱 맞는다고 하셨다. 하지만 교육행정직은 승진할수록 근무 조건이 더 좋아진다며 "경희야 절대 관두지는 마라. 나는 부럽다."라고 하셨다. 너무도 답답하고 절망스러웠다. 선생님이라면 단번에 내 마음을 알아주실 줄 알았다.

나에 대한 깊은 탐색 없이 진로를 정했기에 혼란스러워했던 건 당연한 일이었다. 대학교에서 진로상담을 할 때도, 초·중·고등학교에서 진로 캠프를 진행할 때도 늘 강조한다. 내가 누구인지 뭘 좋아하는지를 아는 것이 진로 탐색의 첫걸음이라고 말이다.

[직장/마음이 웃는 말]

"선생님 교사 연수 다들 만족도도 높고
늘 애써주셔서 너무 감사합니다."

교육청 소속의 한 도서관에서 학교로 찾아가는 독서 프로그램을 진행한 지 꽤 오래되었다. 하브루타 독서토론, 하브루타 진로 코칭·진로 독서에 이어 TA 심리코칭, 나는 나답게 자존감 Jump Up 등을 진행했다. 초등학생부터 중·고등학생까지 다양한 대상의 친구들을 만났다. 모든 프로그램의 공통점은 그림책이 함께한다는 것이다.

"마음을 여는 열쇠 그림책 테라피"라는 프로그램으로 사서 교사 및 도서관 담당 교사를 위한 연수를 진행할 때였다. 학생들과 함께했던 프로그램 일부와 학교 교사 연수 및 부모 교육에서 했던 그림책들로 강의를 준비했다. 강의 내내 선생님들의 참여도가 높아 기운이 났다. 그림책 테라피를 통해 다시 어린이로 돌아가 '나를 만나는 시간, 마음 챙김의 시간, 귀한 배움의 시간'이 되었다고 하셨다.

"선생님 교사 연수 다들 강의 만족도도 높고 늘 애써주셔서 너무 감사합니다."라는 담당 팀장님의 메시지를 받았다. 참 뿌듯하고, 보람됐다. 믿고 맡겨주신 덕분임을 잘 알기에 더 감사했다.

서로를 향한 믿음과 감사하는 마음에는 열과 성을 쏟게 하는 강한 힘이 담겨 있다.

[이웃/마음이 우는 말]

"야, 아무 데나 똥 싸고 저리 가."

길고양이 토리가 어린이집 나무계단에 웅크리고 있었다. 나를 보자 "야옹" 하며 계단을 내려왔다. 머리를 쓰다듬어주었다. 어린이집 아래에 있던 토리 집이 보이지 않았다. 조바심이 나고 불안했다. 급히 경비실로 달려갔다. 경비아저씨는 함께 걱정해 주시며 잠시 기다려보라고 하셨다. 민원이 생겨 다른 곳으로 옮겼다고 알려 주셨다. 참 감사하게도 함께 찾으러 가보자고 하셨다. 다행히 맞은편 동 1층에 토리 집이 있었다.

'또 민원이 발생하면 어떡하지?' 뒤쪽 베란다는 햇빛이 적어 아쉽긴 하지만 1층인 우리 집 아래로 다시 이사했다. 토리를 함께 돌보는 아파트 언니가 전해 줬다. "야, 아무 데나 똥 싸고 저리 가."라며 어린이집 쪽에서 말하는 소리를 들었다고 했다. 순간 속상하고 실망스러웠다. 고양이에 대해 너무도 모르는 사람이라 생각됐다. 아이들이 자주 와 시끄러워서 그랬다면 이해를 하겠지만 말이다.

말로 입은 상처는 비단 사람뿐일까? 차가운 말보다 따뜻한 말이 더욱 그리워진다.

[이웃/마음이 웃는 말]

"어째 이리 마음씨도 고울까. 복 많이 받겠네."

주말 아침 산책하러 나가던 길이었다. 아파트 둥근 화단에서 동그랗게 몸을 말고 자고 있던 토리를 만났다. 너무도 귀여워 가만히 들여다보았다. 조용히 핸드폰을 꺼내 사진을 찍었다. 깨어나자 나를 보며 웃어주기까지 했다.

그날 이후 가끔 간식을 사다 주며 정이 들었다. 캣맘인 지인 언니에게 사진을 보여줬다. 다음 날 참치와 츄러가 잔뜩 도착했다. 예상치 못한 일이라 당황스러웠다. 우려되는 일이 한둘이 아니었다. 결국, 캣맘이 아닌 토리맘이 돼 보기로 했다. 뭐든 진득하지 못한 나더러 남편은 한 달도 못 할 거라며 비웃었다. 어느새 토리가 나에게로 와서 꽃이 된 지 1년이 훌쩍 넘었다.

"어째 이리 마음씨도 고울까. 복 많이 받겠네." 청소 아주머니께서 자주 하시는 말씀이다. 들을 때마다 흐뭇하고, 감사했다. 토리를 보며 잠시 멈추고 마음 챙김 하는 나는 이미 많은 복을 누리고 있다. 아이들부터 연세 지긋한 어르신들, 이웃 아파트 학생들까지도 토리를 보러 온다. 우리 집 뒤 베란다 화단에서는 늘 웃음소리가 끊이지 않는다.

상대를 웃게 하는 말이 세상을 좀 더 아름답게 만드는 일에 앞장서게 할 수도 있다.

말은 마음의 초상이다.

-미콜라이 레이-

Part 6

김영미

1
가정 안에서

[부모/마음이 우는 말]

"젊은 애가 왜 아프니?"

건강에 대해서는 걱정 없었던 시절이 있었다. 그런데 아이를 낳아 기르다 보니 어른들이 아프다고 하는 그 허리 통증이 나에게도 찾아왔다. 당시 나는 버거워 보이는 농사일을 거뜬히 해내시는 참으로 강인한 시부모님과 함께 살고 있었다. 동트기 전부터 해 넘어갈 때까지 심지어는 밤에도 백열등을 밝히고 잔일을 하시는 분들이었다. 나라면 여러 차례 앓는 소리를 하며 앓아누울 만큼의 고된 노동이었지만 두 분에게는 지극히 평범한 일상이었다.

농사에 비하면 밥해 먹고 아이 키우는 나는 그저 놀고먹는 것 같았기에 어디 아픈 기색을 내비치기가 참으로 민망했다. 하지만 숨길 수 없는 것이 있다고 하지 않던가! 통증 역시 그랬다. 몸이 불편해지면 어느새 내 손은 허리에 가 있었다. 어느 날 여전히 분주하신 어머니가 말씀하셨다. "왜 그러니?", "허리가 아파서요.", "젊은 애가 왜 아프니?" 다소 핀잔으로 들렸던 그 말씀에 나는 민망하기도 하고 섭섭하기도 했다.

그때 나는 젊은 사람도 허리가 아플 수 있다고, 사람마다 약한 부분이 있어서 나이에 상관없이 아플 수 있다고 변명하고 싶었다. 그리고 '젊은 사람이 허리가 안 좋아서 어쩌냐, 걱정된다, 힘들겠구나! 건강하기를 바란다.' 등과 같은 공감이나 위로의 말을 듣고 싶었던 것 같다. 이제 연로하셔서 몸 가누기도 힘들어지신 어머니. 고되셨던 중에도 며느리까지 챙기셨던 어머니의 노고에 감사의 말씀을 드려야겠다.

[부모/마음이 웃는 말]

"착해요."

TV에는 연신 미의 기준을 제시하는 배우들이 사람들을 현혹한다. 모니터 밖에 있는 내 외모는 그런 미의 기준과 다르다. 시부모님에게 있어 이 말은 며느리를 외모만으로 누군가에게 뿌듯하게 소개하기가 쉽지 않다는 의미이기도 하다. 특히 예쁜 며느리를 보고 싶었던 어머니에게는 더욱 그랬다.

이런 며느리를 누군가에게 선보일 때 어머니는 항상 붙이는 말씀이 있었다. "착해요, 요즘 젊은 사람 같지 않아요." 그리고 시부모 봉양이 깍듯하다는 말과 함께 이러저러한 설명을 덧붙이셨다. 그러니까 부족하다고 여기시는 외모를 만회할 만한 아니 그러고도 남을 만한 실속이 있다는 말씀이셨다. 이 착하다는 말은 며느리로 인정받고 있다고 나 자신을 위로하고 안심시키는 말이 되었다.

[부부/마음이 우는 말]

"운동해."

나는 딱히 시간을 정하고 운동하는 사람은 아니었다. 주부의 일상 활동만으로도 이미 충분한 운동이 된다는 것이 내 지론이었다. 왠지 시간을 내어 따로 운동하는 것은 바쁜 주부 생활에 사치 내지는 시간 낭비인 것 같았다. 그렇게 운동과는 거리를 두고 살아서인지 사십 대 어느 날, 갑자기 움직이지도 못할 만큼 통증이 찾아왔다. 허리 통증으로 아예 일어서기도 어려운 형편이 되었다. 그전에는 요통이 있을 때 좀 누워 진정시키면 웬만해졌건만 이제는 최악의 상태가 되어버린 것이었다. 벽을 잡고 눈물이 핑 돌 정도가 되고서야 일어날 수 있게 되었다니 참으로 난감했다.

출근하는 남편에게 허리가 너무 아프다고 울상을 지으며 말했다. 돌아온 남편의 대답은 잊지 못하는 아니 잊히지 않는 말이 되었다. "그러게, 운동하라고 했지? 운동 안 하더니. 운동해." 남편은 편하지 않은 안색으로 말하고는 현관문을 열고 나갔다. 나는 그 말을 듣자 가슴이 답답해졌다. 아니 머리에 흐르던 피가 멈춘 듯 먹먹해지고 심장이 정지되는 것 같았다. 한참 후 눈물이 핑 돌았다. '되도록 내색도 안 하려고 했는데, 이렇게 꼼짝 못 하는 신세가 되었는데 남 얘기하듯 말을 하다니.' 맥이 탁 풀렸다. 남이 아플 때는 그렇게 매정하게 반응하지 않는 사람이라는 것이 나를 더욱 섭섭하게 했다.

[부부/마음이 웃는 말]

"같이 가자."

꼭 혼자만 가야 하는 곳이 아니면 남편은 나를 데리고 나선다. 동행이 싫지는 않지만 귀찮을 때가 있고, 내 일로 바쁠 때는 난감하기도 하다. 어떨 때는 이번에는 혼자 다녀오라며 손사래를 쳐보지만 막무가내다. 남편에게는 이런 나를 일으켜 세우는 비장의 말이 있다. 같이 안 가면 나중에 내 버킷리스트 1순위인 여행을 같이 가지 않을 테니 혼자서 다니라며 으름장을 놓는 것이다. 협박인지 회유인지 모를 그 말에 나는 또 마지못해 따라나선다.

나는 몇 달 전부터 운동 나가는 남편에게 같이 가겠다고 자청해서 따라나서기 시작했다. 요즘은 일기예보를 손수 챙기기도 하며 운동의 의지를 보이며 먼저 나가자고 선수를 치기도 하고 앞장서기도 한다. 동네 산책을 하거나 멀리까지 차를 타고 가서 두 시간 남짓한 코스를 걷고 오기도 한다. 운동 좋아하는 남편을 따라다니다 보니 나에게도 운동 근육이라는 것이 붙은 것 같다. 얼마 전에는 남편의 마라톤 메달을 보며 나도 내년에는 꼭 단거리 마라톤이라도 도전해야겠다며 너스레를 떨기도 했다. 어디든 같이 가자는 남편 덕분에 노년의 건강까지 준비되고 있다.

[자녀/마음이 우는 말]

"싫어요."

우리 아이는 어려서부터 엄마 말은 거스르지 않고 잘 따르는 이른바 순둥이였다. 그런 아이가 20대 중반에 들어서자 자주 하는 말이 있다. 싫다는 말이다. 집에 있는 시간이 많아진 아이를 보며 우리 부부는 잠을 깨우고 잠시 맑은 공기를 쐬게 하고 싫어 눈치를 살피고 틈을 보아 넌지시 나가자고 재촉한다. 아들은 "싫어요."라고 응수한다. 그러면 나는 호흡을 가다듬고 "우리 아들 건강히 지내라고 그러지! 나갔다 오면 기분도 좋아지고."라며 다시 말을 건네 본다. 어떤 날은 그러겠다고 따라나서지만, 싫다는 말이 여지없이 돌아올 때는 기운이 빠진다.

자신의 주장과 생각을 분명하게 표현하는 아들이 한편으로는 기특하기도 하고 안심이 되기도 하지만 우리 부부는 이 말을 들으면 걱정이 앞서고 섭섭해진다. 잠시나마 바람을 쐬며 걷는 것이 몸에도 좋고 정신 건강에도 무척 좋은 일인데 말이다. 좀 더 건강한 체력으로 힘든 세상 풍파를 넉넉히 버텨내며 헤쳐 나가기를 바라는 마음이 앞서서인 것 같다.

[자녀/마음이 웃는 말]

"예! 예."

이제 아들이 대학을 졸업했으니 어엿한 성인이다. 그런데도 집에 있는 아들을 보고 자꾸 참견하게 된다. 나도 외모 꾸미는

데는 그리 관심이 없어 평소 집 안에 있을 때는 겨우 고양이 세수만 하고 지내는데, 그 영향인지 아들도 참 꾸밈없이 자연스럽게 지낸다. 그런 모습이 좀 심하다 싶으면 자꾸 "씻어라, 옷 갈아입어야지!" 하며 참견하게 된다. 이런 나의 태도는 아들이 운동을 나가거나 외출할 때 좀 더 심해져 "슬리퍼 신지 말아라, 양말은 신어야지. 면도해라, 옷 갈아입어라."라며 참견을 한다.

반복되는 말에 힘겨운 아들은 온몸으로 귀찮다는 반응을 보인다. 그러다가 "괜찮아요, 나 편하면 됐지, 누구한테 잘 보이시려고요?"라고 말하면 나는 다시 억양을 바꾸든 표정을 바꾸든 해서 강요 아닌 강요를 시도한다. 아들은 재촉해대는 엄마를 어쩔 수 없다는 표정으로 "예! 예." 하며 한 수 접어준다. 못 이기는 척 따라주는 멋진 아들이 고맙고 이쁘다.

2

우정 안에서

[10대/마음이 우는 말]

"더러워, 네가 해."

나는 중학교에 입학하며 버클이 달린 커다란 검정 가방에 흰 옷깃을 단 검은색 교복을 입고, 초등학교 때보다 훨씬 먼 거리를 걸어 산 중턱에 있는 학교에 다녀야 했다. 신입생에서 어엿한 중학생이 되기 위해서는 겨울의 끝자락을 잡고 불어대는 칼바람이 도는 3월의 한기에 먼저 단련되어야만 했다.

중학교에는 여러 초등학교에서 몰려든 낯선 또래들이 무척

이나 많았다. 내 짝꿍 역시 낯선 얼굴이었다. 둥근 내 얼굴과는 달리 그 아이의 얼굴은 다소 붉은 얼굴에 턱선이 날렵해 보였다. 우리는 맨 뒷자리에 앉게 되었다. 선생님은 처음 등교한 우리에게 청소할 구역을 배정하고 대청소를 시키셨다. 방학 내내 손을 타지 않은 책상, 교실 마룻바닥, 창문, 복도, 신발장 등의 뿌연 먼지를 털어내고 길을 들여야 다음 날부터 제대로 수업이 시작될 참이었다.

나와 짝꿍이 함께 배정된 곳은 화장실이었다. 화장실을 들여다본 짝꿍은 얼굴을 찡그리며 "아이 더러워, 네가 해."라는 말과 함께 빗자루를 내팽개치고 종종걸음으로 사라져 버리는 것이 아닌가! 짝꿍의 갑작스러운 행동에 당황스러웠다. '하기 싫다고 안 해도 되는 건가?'라는 의문과 함께 어안이 벙벙했다. 나는 아무 말도 못 한 채 잠시 머뭇거리다가 홀로 남아 화장실을 쓸고 벽의 거미줄 먼지를 쓸어내리며 물청소를 했던 것 같다. 청소가 끝날 때쯤 돌아온 짝꿍은 본인이 청소를 다 한 듯 의기양양하게 청소 검사를 받으러 가겠다고 앞장섰다. 그때를 생각하니 이제 중년이 되었을 그 친구는 어떤 모습으로 지내고 있는지 궁금해진다.

[10대/마음이 웃는 말]

"놀자."

나는 초등 입학 전에는 별달리 어울려 놀던 친구가 없었다. 학교에 들어갈 즈음에서야 동네에 또래가 여러 명 있었다는 것을 알게 되었다. 나는 학교에 다니는 오빠들과 동네 언니들을 보며 얼른 학교라는 곳을 가고 싶었다. 학교에 가면 친구들을 많이 만날 수 있고 무언가 재미있는 것을 배울 수 있겠다는 생각에 기대감이 컸다.

언제인지 앞집에 또래가 이사를 왔다. 생일이 나보다 한참 늦은 동갑이었다. 얼마 후 서로 알게 된 우리는 단짝 친구가 되어갔다. 친구는 내 이름을 부르며 놀자고 대문에서 불렀다. 별달리 해야 하는 집안일이 없으면 친구랑 놀 수 있었다. 서로 집을 오가기도 하고 동네 길 어귀 한쪽에서 깨진 사금파리를 주워 소꿉놀이도 하였다. 나도 심심한 날이면 친구 집 대문 앞에 가서 쭈뼛쭈뼛 이름을 부르며 놀자고 목청을 높였다. 우리는 중학교를 마칠 때까지 등하교를 같이하였다. 서로 놀자고 부르던 소리가 귀에 아련하다.

[20대/마음이 우는 말]

"잘 먹고 잘 살아라."

대학에 다닐 때이다. 상황은 잘 기억나지 않는데 당시 나는 같은 과 친구와 제법 진지한 얘기를 하고 있었다. 조금 친분이 쌓인 그 친구와 한참을 얘기했다. 친구는 대화를 마무리하고 가려는 듯 활짝 웃으며 말했다. "잘 먹고 잘 살아라."

이 말이 나에게는 참 생소하게 들렸다. 나는 사용해 본 적 없는 이 말을 듣기가 거북하였다. 나름 고심하던 내 의견과 진지한 마음이 더 이상 생각해 볼 가치가 없는 것으로 취급받는 기분이 들었다. 내심 서운하고 기분이 좋지 않았다. 나 혼자 잘 먹고 잘 살려는 한심한 속물로 취급받는 것 같았다. 자못 신중했던 내 말은 가볍게 공중에서 분해되는 것 같았고, 나는 싱거운 말이나 하는 사람처럼 여겨지고 있다는 생각이 들었다.

친구가 어떤 의도로 그 말을 한 것인지 물어보지 않아 정확히 알 수는 없다. 그 후로 한 번 더 그와 비슷한 상황을 경험하면서 비록 같은 과 친구일지라도 심리적인 거리를 두고 말하는 것이 마음 편하겠다고 생각하게 되었다. 잘 먹고 잘 살라는 말은 상대방에게 할 수 있는 축복의 말이었을 거라고 애써 위로도 해 보았다. 하지만 가벼운 웃음에 섞였던 그 말은 이야기 나누는 즐거움을 빼앗아 갔다.

[20대/마음이 웃는 말]

"밥 먹으러 가자."

주머니 사정이 여의찮았던 대학 시절. 웬만하면 학교에서는 점심을 걸렀다. 구내식당이 있어 다소 저렴한 식사를 할 수도 있었지만, 그 돈으로 회수권을 사서 맘 놓고 버스를 타는 편이 더 좋았다. 간혹 혼자 점심을 먹으러 갈 때도 있었지만 북적거리는 식당에서 혼자 밥 먹는 것이 참 어색하고 소화가 잘되지 않았다.

점심때나 공강 시간이면 같은 과 친구나 동아리 친구들을 만나기도 했었다. 어쩌다 밥 먹으러 가자는 말이 나오면 부담스럽기도 했지만, 기분이 좋았다. 함께 둘러앉아 식사를 할 수 있는 친구들이 있다는 것이 든든한 부자가 된 기분이었다. 자장면, 카레밥, 백반, 국수, 칼국수, 떡볶이 등 맛있었던 음식들을 함께 먹는 시간은 허기진 배를 채우는 것 이상의 즐거움이었다. 이제 끼니를 거르지 않아도 되는 풍요로운 시절이 되었다. 문득 배고팠던 그 시절에 허기를 달래며 같이 웃을 수 있었던 그 구내식당이 그리워진다.

[50대/마음이 우는 말]

"…"

인터넷 수강을 하게 되면서 비대면 친구들이 생겼다. 요즘은 배운 것을 복습하며 그 친구들과 서로 실습하는 재미가 쏠쏠하다. 비슷한 의도를 갖고 모인 사람들이기에 서로 처해 있는 환경이 제각각일지라도 우리는 서로의 심정을 쉽게 헤아리게 되고 쉽게 공감할 수 있다. 온라인 모임은 이렇게 배움과 마음 통하는 나눔까지 즐길 수 있는 공간이 되었다.

기대가 커서일까? 내 마음이 상대방의 마음에 제대로 전달

되지 못한 반응을 받게 되면 내심 아쉽기 그지없다. 특히 말 없는 반응을 받게 될 때 아쉽고 허전하다. 동료가 내 말을 건성으로 들은 것인지 아니면 내 표현이 상대에게 제대로 전달되지 않은 것인지 책임 소지를 놓고 생각이 분주해지고 머리가 뒤숭숭해진다. 또한 상대방의 말에 대해 제대로 된 반응을 보여주고 싶지만, 도대체 무슨 말로 반응해야 할지 생각이 나지 않아 침묵 외에 뾰족한 방법이 없을 때는 나도 당황스럽고 답답해진다.

나의 말과 표현에 대해 상대방에게서 충분한 공감을 받기도 하고, 나도 상대방의 심정을 깊이 있게 공감해 주며, 기대 이상의 통찰로 이어지는 질문을 나누며 성장하고 싶다. 이런 속 시원한 대화를 즐기고 싶어서 나는 오늘도 온라인 배움 장소에 접속한다.

[50대/마음이 웃는 말]

"고마워요."

이 속도로 간다면 환갑이 눈앞이다. 세월이 빠르다는 말처럼 어느새 반백 년을 넘은 지 오래되었다. 코로나로 인해 외출이 자유롭지 못한 몇 년을 보내며, 나가서 만나는 사람도 줄어 평소 말수가 적은 나의 말은 더욱 잦아들었다.

반면, 삼십 년을 지내온 남편과 세계 3차 대전 같은 코로나를 함께 겪어내며 전우애가 생겼다. 눈에 보이지 않는 적군을 방어하며 무사히 버텨내는 하루하루는 그전에는 알지 못했던 고마움을 알게 했다. 우리에게 살아있다는 것이 기적이었다. 과묵한 나는 살아남은 남편에게 고맙다는 말을 자주 하게 되었고, 남편도 내가 있다는 것에 감사를 표현하게 되었다.

집 안에 갇혀 연일 치솟는 사망자 소식을 들으며 불안에 떨던 세기의 공포. 이 시기를 지나가며 같이 생존하고 있다는 사실은, 섭섭함도 사치가 되고 고맙다는 말이 저절로 나오는 동지애를 만들어 주었다. 이렇게 살아있어 고마운 말을 나누며 중년은 지나가고 있다. 아니, 무르익고 있다.

3
사회 안에서

[직장/마음이 우는 말]

"참 애쓰시네요."

남편은 고객을 위해 온 마음을 다하고 온 정성을 쏟으며 일을 하였다. "참 애쓰시네요." 한 고객의 말이다. 뒤에 이어지는 말도 있었다. 원래 사각 얼굴은 진실로 친절하기 힘든 사람이라는 것이다. 고객을 위해 열심히 하는 노력을 인정받은 것 같았지만 그래 봤자 본성은 숨길 수 없고 원래는 그런 사람이 아니라는 평가로 들리는 이 말에 나도 섭섭한 마음이 들었다.

그렇게 노력해도 본성은 아니라는 것을 안다고 자신의 예리한 눈을 자랑하듯 말하는 고객의 말에 온 정성으로 애쓰던 남편의 마음이 상처받지 않기를 바랐다. 고객은 남편의 노고를 알아주려고 칭찬하려는 의도였을 것이라고 자꾸 허탈해지는 마음을 바꿔보려고도 했다. 설령 그렇다고 해도 약점을 극복하며 애쓰는 사람의 약한 부분을 그렇게 짚어줄 필요가 있는 것일까?

때로는 칭찬으로 한 말일지라도 이렇게 마음이 상하기도 한다. 상대방의 노력을 인정해주고 격려하려는 말일지라도 어쩔 수 없는 약점을 건드리게 되면 그 말은 아프게 와닿을 수 있다. 잘해보려는 의욕이 꺾이기도 한다. 그 뒤로 남편의 웃는 얼굴을 보면 좀 어색한 기분이 든다. 우리를 맥 풀리게 했던 이 말을 훌훌 털어버리고 싶다.

[직장/마음이 웃는 말]

"잘했어요."

잘해주고 욕먹을 때가 있다. 내가 당연하다고 여긴 대처가 규율에 어긋난 행동이었다는 평가를 받았던, 참 어이없고 속상했던 경험이 있다. 나는 유치원 교사로서 응급 상황에 마땅한 일을 해서 원아를 도왔지만, 원아가 자신의 문제를 스스로 처리할 시간을 주지 않았다는 것이 문제였다.

며칠이 지나고서야 그 상황에 대한 나의 대처 행동은 타당했다는 말을 듣게 되었다. 원장님은 그 아이의 부모에게서 아이를 도와주어 고맙다는 말을 들은 모양이었다. 나의 행동이 규율을 어긴 것이 아닌 비상 상황에 대한 합당한 조치였다는 것이 인정받는 순간이었다. 칭찬의 말 "잘했어요."에 억울했던 마음은 안도감과 기쁨으로 바뀌었다. 비상시 지혜로운 대처 행동을 순발력 있게 한 것을 인정받자 내 존재감이 살아났고, 이 일은 나에게 자부심을 안겨주었다. 상대방의 이해 못 할 행동도 나름대로 그럴 만한 이유가 있었을 거라고 생각하도록 만드는 귀한 경험이기도 했다.

[지인/마음이 우는 말]

"어쨌든"

나는 상대의 말을 곧이곧대로 아니 다소 과하게 마음을 쓰며 듣는 것 같다. 상대의 말을 심각하게 듣고 있는데 상대방이 "어쨌든"이라고 말하며 화제를 돌릴 때 당황스럽다. 마음을 졸이며 신경을 빠짝 세우고 듣던 몸과 마음이 허해지는 기분이 드는 것이다. 이러한 나의 성격은 코칭 현장에서도 여지없이 드러난다.

고객의 이야기를 들으며 나는 나름대로 어떻게 이해하고 정리해야 할지 고심하느라 공감이나 질문을 가볍게 던지지 못하고 이 말을 해야 할지, 저 말을 해야 할지 생각에 생각을 거듭한다. 그러는 동안 고객은 자신의 문제를 스스로 정리해가며 해결점을 찾아간다. 이렇게 고객이 스스로 답을 찾아가는 것은 코칭의 철학이자, 상담과 다른 코칭의 매력적인 부분이다. 하지만 나의 마음은 상대방의 문제에 대해 아직 고민하며 생각하는 중이어서 고객이 스스로 문제를 벗어나 나아가는 속도에 허탈감이 느껴지는 것은 어쩔 수 없다,

고객의 성장 중에 만나는 이 난감한 역설. 미련 없이 순간순간 과감하게 마음을 정리하며 상대방의 보조에 마음 편히 속도를 맞추는 대화를 즐기고 싶다.

[지인/마음이 웃는 말]

"잘할 줄 알았어."

내 힘으로는 도저히 해 낼 수 없을 것 같았던 버거운 일을 포기하면 안 되는 때가 있었다. 수년이 걸리고 여러 고통을 감수하고 꼭 이루어 내야만 했던 일. 참으로 오랜 시간과 노력을 투자해야 했다. 젖 먹던 힘을 다했다. 자격시험을 치르고 결과를 기다리던 초조함. 잘 되리라고 믿으면서도 행여나 하는 마음에 엄습하는 불안은 결과를 기다리는 내내 계속되었다. 수 주일이 지나고 마침내 합격 발표를 듣고서야 온몸의 세포는 제대로 숨을 몰아쉴 수 있었다.

이 벅찬 기쁨을 누구와 나눠야 할지, 아무라도 붙잡고 합격의 기쁨을 나누고 싶었다. 그즈음에 들었던 말이 있다. 지인 중에 내 소식을 듣고 "잘할 줄 알았어."라고 말한 사람이 있었다. 나를 믿어주고 응원하며 지켜봐 주고 있었다는 이 말은 고단했던 그동안의 힘겨움을 토닥토닥 다독여 주었다. 내 존재를 뿌리까지 믿어주며 축하해 준 이 온기 있는 말은 추워지는 계절에 다시 살아나 나를 따뜻하게 지피어준다.

[이웃/마음이 우는 말]

"헌 차예요."

나는 몇 주 전에 산 새하얀 새 차에 아이를 태우고 학원에 갔다. 많은 학생이 오가는 분주한 학원이었다. 주차요원이 있는 주차장에 차를 얌전하게 대어놓았다. 그리고 대기실에서 두어 시간 있다가 나왔다. 심장이 쿵! 새하얀 내 차에 손바닥 반 정도 크기의 검은 페인트가 보이는 것이 아닌가! 얼른 다가가 들여다보니, 검은 것이 훑고 지나간 흔적이었다. 순간 나는 얼마나 속상하고 화가 났던지. 산 지 며칠 안 되는 새 차를 그것도 주차요원이 있는 멀쩡한 주차장에서 긁히다니 도저히 이해가 안 되었다. 안절부절못하고 발만 동동 구르고 있었다.

잠시 후 나이 든 주차요원이 오더니 무슨 일이냐고 물었다. "누가 새 차를 이렇게 긁어놨네요. 주차선 안에 잘 대어 놓았는데요." 주차요원은 묵묵부답이었다. "참 속상하네요. 새 차를 이렇게 만들어놨어요." 나는 새 차라는 단어에 애절함을 담아 말했다. 그러나 돌아온 주차요원의 응답에 요즘 말로 멘붕을 경험했다. "새 차가 아니에요. 차는 사는 날부터 헌 차예요." 말문이 막혔다. 위로를 구하려던 심장이 뻐근하게 아파지는 것을 느꼈다. 상대방의 아픈 심정은 아랑곳없이 가르치고 핀잔을 주어야 하는 그 마음은 도대체 무엇이란 말인가? 요즘도 잘 손질된 차를 보면 가끔 그 아렸던 말이 생각난다.

[이웃/마음이 웃는 말]

"같이하니까 좋다."

요즘 나는 전업주부로 살고 있다. 집안일은 해도 해도 끝이 없고 안 하면 금방 티가 난다. 설거지는 끊임없이 나온다. 어디 설거지 없는 나라가 있다면 가고 싶은 심정이다. 명색이 전업주부이니 안 할 수도 없는 노릇이다. 힘들어하고 불평하는 나에게 식구들은 식기세척기를 쓰라고 하지만, 음식물 묻은 그릇들을 정리해서 기계에 넣는 수고라면 차라리 내 손으로 헹구고 끝내는 편이 맘이 후련하고 개운한지라 나는 세척기를 쓸 위인이 못된다.

어느 날 부엌에 들어오면 큰일 나는 줄 아는 남편이 설거지를 거드는 것이 아닌가! 가슴이 뭉클했다. 같이하니 언제 끝났는지 모르게 개수대는 텅 비워졌고 깔끔한 남편 손에 의해 물 한 방울 없이 뒷정리가 되었다. 산더미처럼 짓누르던 압박감은 온데간데없고 어찌나 수월하고 힘이 나던지 닭을 그릇이 더 없나 두리번거리게 될 정도였다. “같이하니까 좋다. 백지장도 맞들면 낫다더니.” 내 말에 내가 웃고 있었다. “내일 눈이 오고 추워진다고 해서 마당 설거지를 하는데 옆집 아저씨가 도와주더라고. 같이하니까 생각보다 쉽고 금방 끝났어. 이제 영하로 떨어져도 걱정할 것 없어.” 남편도 가벼운 미소를 짓고 있었다.

모든 성공한 사람들은 커뮤니케이션이라는

도구를 다루는 데 있어서 달인들이다.

- 앤서니 라빈스 -

Part 7

장정이

1

가정 안에서

[부모/마음이 우는 말]

"왜 또 그래?"

두 분 다 일을 마치고 들어올 때면 저녁 시간이 훌쩍 넘고야 만다. 형제끼리 치고받고 싸우다 지치고 난 뒤 부모님이 들어오시면 곧장 투정을 부렸다. '내가 얼마나 많이 노력했는지 아세요.'를 알리듯 울먹이며 알아주기를 바란다.

"어떻게 힘든데.", "속상했구나." 심연의 그 마음을 어루만져 주기만 기다렸지만 일에 지친 엄마는 "왜 또 그래?"라며 심드렁

한 반응을 보이셨다. 모든 문제의 원인이 나에게 있는 듯 혼내셔서 아무런 말도 하지 않고 심통을 냈다. 가슴이 쪼개지는 아픔과 화가 뒤섞여 저녁밥을 안 먹겠다고 반항하며 불편함을 표현했다. 한두 번 달래는 듯하시더니, 어느 순간 두 분께서 묵묵부답으로 대처하기 시작하자 조금씩 눈치를 살폈던 것 같다.

'나를 사랑하지 않은 건가.' 궁금하기도 하고 속상하기도 했다. 내 속마음을 말하지 않아도 엄마, 아빠는 알 거라고 당연하게 생각했는데, 말하지 않으면 아무도 알지 못한다는 것을 깨닫게 되었다. 일부러 표현할 때까지 모르는 척하셨을 수도 있을 것이다.

모든 행동의 근원은 '인정'을 받고 싶다는 욕구에서 비롯된 것이었고 언니, 동생보다 더 잘하고 사랑받고 싶은 철없는 어린 아이의 투정이었다. 늦게 일 마치고 온 부모님의 속을 몇 번씩 뒤집기도 했으니 말이다. 나이가 들고 엄마가 되니 사용하는 언어와 자녀를 대하는 태도에 그 당시 말의 온도가 새겨져 있음을 알게 되었다.

[부모/마음이 웃는 말]

"괜찮아, 하고 싶은 대로 하고 살아."

자녀의 부족한 점마저도 있는 그대로 받아주고 기다려준 부모님의 배려를 깨닫기 전, 성장 과정에서의 강요나 방향 제시가 없었던 부분이 늘 아쉬웠다. 적절한 가이드가 필요한 순간도 있었지만, 뒤돌아 생각해보니 기다림의 지혜였음을 깨닫게 되었다. 대학교 자퇴를 한 뒤 학과 변경으로 방향을 잡았다. 때마침 IMF가 들이닥친 시기와 맞물렸던 터라 화를 내실 법도 한데 아무 말도 없으셨다. 당시 궁금하긴 했지만, 따로 물어보진 않았다고 말씀하셔서 감사한 마음이 들었다.

많은 시도와 사회생활을 하면서 다시 전공을 바꾸며 박사과정 재학 중인 지금도 "하고 싶은 대로 다 해라, 인생을 행복하게 살아야지…."라며 언제나 응원해주신다. 부모님이 살아오면서 터득하신 지혜를 몸소 가르치고 적용하며 일깨워 주셨다.

하고 싶은 대로만 하고 살 수 없는 세상이기에 "괜찮아, 하고 싶은 대로 하고 살아."라는 말은 할 수 있는 것만 집중하며 사는데 필요한 응원의 말이 되었다. 더 앞으로 나아갈 수 있게 한 원동력, 잘할 수 있다는 긍정적인 믿음이 되었다.

[부부/마음이 우는 말]

"날 위해 아무것도 하지 않았어."

공감이란, 다른 사람의 상황이나 기분을 느낄 수 있는 능력을 말한다. 한 번도 공감받아 본 경험이 없다는 내담자를 만난 적이 있다. 자기 자신에게 공감하는 방법을 내담자에게 안내하는 과정에서 순간적으로 머리에 스치듯 과거 경험이 떠올랐다.

"언제 끝나? 저녁 먹어야지."
"먼저 먹어, 조금 늦을 것 같아."

결혼과 출산 후 가정의 살림살이를 맡은 가정주부가 되었다. 정해진 '시간표'대로 살아가며 진실의 언어로 사랑을 표현하는 순간이 점점 사라졌다. 나날이 바빠지는 일상에서 서로의 존재가 드러나지 않는 날이 많아졌다. 서로에게 족쇄를 채운 것처럼 살아가고 있는 인생에 화가 나기 시작했다. 서로를 아끼지 않는다는 의심은 꽤 오랜 시간 부부 사이를 힘들게 했고 "서로를 위해 아무것도 해주지 않았다." 말하며 상처를 주었다.

누군가가 마음을 알아주지 않을 때 스스로 마음을 돌봐주며 든든한 버팀목이 되어주는 것을 '자기 공감'이라고 한다. 서로에 대한 인정만 바라던 우리는 각자의 시간이 필요했고, 각자 자기 돌봄의 시간을 갖게 되었다. 그 시간은 우리를 한 단계 성숙하게 만들었다.

[부부/마음이 웃는 말]

"지금 이대로도 좋아. 당신 하고 싶은 대로 해."

하루의 일정을 계획대로 살아가며 분주한 마음을 남편에게 확인시킨다. 남편은 등대를 지키는 사람처럼 거센 파도가 잔잔해지기를 바라는 마음으로 가만히 지켜본다.

어린 시절부터 예민한 성격이어서 문제가 발생하면 안절부절 마음을 졸이는 나와 다르게 여유를 부리며 상황을 관망하는 남편이 원망스러웠다. '저만큼 답답한 사람이 또 있을까?'라는 생각에 고구마를 한 입 삼킨 것처럼 가슴이 답답해졌다. 상대의 생각과 행동이 내가 원하는 행동의 근원에서 늘 비켜나가자 강요하는 말투와 짜증 내는 말투, 그리고 신경질적인 표현을 많이 하게 되었다.

그러던 어느 날, 남편이 말했다. "지금 이대로도 좋아. 당신 하고 싶은 대로 해." 그 소리가 메아리가 되어 귓가에 울리자 '멈칫' 하게 되었다. 순간 바다를 지키는 등대처럼 고요히 들어주고 있는 남편의 모습이 시야에 들어왔다. 그가 했던 행동들이, 내가 답답하게 여겼던 행동들이 무관심이 아니라 상대방에 대한 배려라는 것을 알게 된 후론 잠시 마음으로 상대를 바라보는 연습을 하기 시작했다.

마침내 나와 그가 서로 다른 방식으로 삶을 살아간다는 것을 깊이 수용하고 공감하는 순간 놀랍게도 그의 많은 것이 받아들여졌다.

[자녀/마음이 우는 말]

"집에 있으면 뭐 해요. 계속 일만 하는데."

"여보, 우리 둘째 낳을까?"

"아니."

둘째가 필요한 이유를 설명하며 남편을 설득하는 동안 둘째는 딸을 낳을 수 있을 것 같다고 확신했다. "둘째는 딸일 거야." 이 한마디에 2013년 6월 보석 같은 둘째가 태어났다. 얼굴에 태지가 하얗게 묻어 나와 웃음을 주었던 아이였다. 신생아실에서 목욕하고 오면 화가 난 듯 얼굴이 빨개져서 입을 꾹 다물고 한참을 있는 모습이 어찌나 귀엽고 사랑스러웠는지 모른다.

첫째와 5살 터울인 둘째는 투정 많은 아이이다. 어린 시절 필자와도 많이 닮았다. 언어 표현이 늦어 조용히 있는 듯 없는 듯 했지만, 초등학교 3학년이 되자 자기주장도 강해지고 언어 표현이 더 능숙해졌다. 자연스럽게 요구사항이 많아지는 시기에 오빠만 챙긴다고 샘을 내며 속상한 기색을 보인다.

"엄마 일 마치고 일찍 들어와서 집에 있잖아."라고 말하니 "집에 있으면 뭐 해요. 계속 일만 하는데." 누구 때문에 일하는데, 순간적으로 들게 된 이런 생각에 본의 아니게 아이의 마음을 읽지 못했다. 엄마도 힘들어, 어린 자녀에게 어리광을 부리고 있는 것이 아닌가?

부모는 부모의 위치에서 내려다보고 가르쳐야 하는데, 눈높이가 아이와 같아져 초등학생 3학년이 된 부족한 내가 부끄럽기까지 했다. 늦게나마 아이의 본심을 알고 이해했다. '미안해, 엄마가 조금 노력해 볼게.' 늦은 저녁 시간에 퇴근하는 부모님을 기다리던 어린 시절 모습이 떠오른다. 단지 엄마 품속이 필요했던 거다.

[자녀/마음이 웃는 말]

"엄마, 할 수 있어요!"

갑자기 늘어난 흰머리에, "10개 뽑으면 천 원" 홍정을 한다. 업무를 마치고 묵직하게 쌓인 피로감으로 거실에 누워있을 때 아이들이 다가온다. 흰 머리카락을 뽑으며 자연스럽게 엄마의 고민 상대가 되어준다.

"어른들의 삶은 복잡해 보이지?"

한 달 동안 생각하고 고민하던 질문을 아이들에게 던진다. 순수한 눈으로 바라본 아이들은 해맑게 "만세"라고 외치며 행복에 가득한 표정을 지어 보낸다. '엄마 할 수 있어요.'라고 말하는 듯했다. 할 수 있다는 자신감 대신 불안과 두려움만 가득했던 나는 비로소 용기를 낼 수 있게 되었다.

영국의 소설가 도리스의 말처럼 "배움은 일생 동안 알고 있었던 것을 어느 날 갑자기 완전히 새로운 방식으로 이해하는 것이다."

2
우정 안에서

[20대/마음이 우는 말]

"좋은 사람 있으면 소개해 줘."

들키기 싫은 감정은 마음속 자물쇠로 묶어 놓아서 열 수가 없다. 초등학교 짝꿍은 유독 어린 시절부터 지금까지 친절하게 대해줬다. '나에게 호감이 있어서 그런가?' 하는 생각이 들었지만, 하루는 다른 여성에게도 친절하게 대하는 태도를 보여서 '뭐야, 짜증 나.' 은근히 기대했던 마음을 들킨 듯했다. 친절하게 다가올 때면 '나를 좋아하나?' 의문이 들긴 했지만, 당시 좋아했던 대상이 있었던 터라 이성으로 마음이 가진 않았다. 키도 크고 상냥하고 잘 챙겨주는 모습이 나쁘지는 않았다. 늘 내 옆에서 오랜 시간 다른 사람과의 만남과 헤어짐을 지켜보고 있었다. 술에 취한 나를 달래며 의리 있는 친구의 모습으로 내 옆에 있어 주었다.

그랬던 짝꿍이 어느 날 웃으며 "좋은 사람 있으면 소개해줘."라고 말하는 것이 아닌가? 왠지 당황스럽고 서운한 마음이 들었지만, "좋아, 너랑 딱 맞는 사람이 떠올랐어." 그 당시 매력적이고 세련된 친구를 소개해 줬다.

둘은 좋은 만남을 이어가고 있었고 우연히 셋이 만나게 됐을 때, 둘과의 대화 속에서 내 존재가 사라지자 묘한 마음이 들었다. 가슴과 머리가 뜨거워지며 긴장했는지 컵을 쏟았다. "괜찮아, 어이구 조심했어야지." 안쓰러워하며 젖은 옷을 닦아주었다. 짝꿍의 행동이 아직 나를 좋아하나 착각할 정도였고 그런 모습이 싫지는 않았다. 어린 시절 집에 놀러 와 서로 선물을 주고받았던 짝꿍과 교제하지 않았던 이유는 서로를 지켜주는 든든한 초등학교 '짝꿍'으로 남았으면 하는 바람이었다.

우리의 이야기는 '서로의 삶의 지켜봐 주는 초등학교 짝꿍'으로 남는 것이 가장 중요하다는 것을 깨달았다.

[20대/마음이 웃는 말]

"정이야, 25번째 생일 축하해."

대학을 자퇴하고 고민이 많았던 시기가 있었는데 그즈음에 중학교 동창들에게 연락이 왔다. 앞으로의 걱정에 뭘 해도 재미가 없고 특별히 하고 싶은 것도 없을 때였다.

"우리 만나야지?", "어, 왜?" 사실 만나자는 이유를 알고 있었는데 모른 척하고 대답해 버렸다. 힘들거나 불편한 상황이 있을 때마다 나를 감싸 안으며 보살펴 줬듯이, 그 당시에도 친구들은 나를 구원해줬다.

생일 파티에 모두 모여 웃고 떠들며 즐겼던 그날 현재의 남편을 만나게 되었다. 당시 선물로 받은 귀걸이를 아직도 착용하고 다닌다. 수제로 만든 보라색 꽃 모양의 귀걸이에 하얀색 구슬이 달려있어 무난하면서도 포인트가 있는 그런 모양이다. 남편도 그런 사람이다. 나의 25번째 생일날 가장 큰 선물을 안겨 준 친구는 그때처럼 나를 감싸 안으며 오랜 벗으로 남아있다.

[30대/마음이 우는 말]

"너 참 예뻤는데…."

동창인 정미가 오랜만에 집에 방문했다. 챙이 넓은 모자를 쓰고 작은 텃밭에 쭈그리고 앉아서 잡초를 뽑고 있던 나에게 "너 참 예뻤는데…." 말한다. 솔직한 표현에 잠시 멈칫하며 아래위 옷차림을 살폈다. 어두운 계열의 꾸밈없는 옷차림과 그을린 민낯의 얼굴이 낯설었을 것이다. 흙이 묻은 손을 털며 정미 쪽으로 걸어가 옆에 앉으며 "애는~ 그래, 아줌마다." 하고 웃고 넘겼는데, 한편으로는 인정하고 싶지 않았다.

나만의 색을 드러냈던 20대 시절에는 쇼윈도에 전시된 특별한 원피스를 입고 주변 시선을 의식하지 않고 살았다. 그때의 모습은 어디로 갔을까? 꽉 달라붙는 원피스보단 펑퍼짐한 운동복이 어울리는 평범한 엄마의 삶이 더 익숙해졌다. 반복되는 일상과 일과들에 익숙해질 때 즈음 들려온 정미의 말에 과거의 나 자신이 오버랩되며, 알 수 없는 향수와 한편으로 드는 씁쓸한 감정을 삼킬 수밖에 없었다.

"너 참 예뻤는데…."라는 말은 화려하고 찬란했던 20대의 젊은 시절과 지쳐 있는 현재의 나를 비교하게 만들었다. 그래도 포기하지 않고 지금의 삶 속에서도 빛날 수 있다는 희망을 품고 더 나아가야겠다는 생각에 '나를 찾고 새로운 인생으로 거듭나 보자' 다짐하게 되었다.

[30대/마음이 웃는 말]

"원래 잘하잖아."

삶에서 소박한 찬사를 건네주는 누군가의 존재만으로도 빛이 되는 순간이 있다. 일 년에 한두 번 그런 만남을 통해 서로의 관심과 안부를 묻는다.

"잘 지내지? 우리 만나야지!" 수화기 너머로 반가운 목소리가 들려온다.

"그래, 언제 볼까?" 서로의 미소가 느껴진다.

학창 시절 유일하게 보호막이 되어준 친구들은 어머니가 돌아가신 이후에 더욱 가까워졌다. 익숙한 골목, 익숙한 맛은 과거 기억 공장 속으로 우리를 이끌어 준다. "내가 말이야.", "한때는 말이야!" 이 순간만큼은 조연이 아닌 주인공이 된다.

좋은 사람으로 비치기보다 나다운 모습을 온전히 보여줘도 어색하지 않은 시간이 좋다. 잠시 길을 잃어 헤매도 순간의 만남을 통해 "원래 잘하잖아!" 잘 해내 가고 있음을 응원하는 말에서 길을 찾는 서로의 모습이 더해져 더욱 밝은 빛이 된다.

"우정이란, 나눔과 공유를 통해 우리의 성공을 더욱 빛나게 하고 고난을 덜어주는 것이다."라는 키케로의 말처럼 좋은 감정을 공유할 수 있는 존재가 우리 삶에 한 명이라도 있다면 성공한 삶이 아닐까? 생각해본다.

[40대/마음이 우는 말]

"그렇게 했어야죠!"

봉사라는 게 참 그렇다. 좋은 의도로 시작했다가, 상처받고 나가는 사람들의 이야기를 들으면 마음이 씁쓸하다. 시민단체 봉사활동은 인생의 모험이었다. 사회에서는 학부모의 역할을 다하는 한 명의 엄마이면서 도움이 필요한 사람들에게는 언제든 도울 준비가 된 사람이었다. 지치고 피곤했던 적도 있었지만 체념하지 않고 꿋꿋하게 맡은 일을 해나갔다. 그 사건이 있기 전까지 말이다.

"정이 님이 그렇게 했어야죠!" 그 말에 정신이 번쩍 들었다. 무슨 의도로 한 말일까, 나를 채찍질하기 위함이었을까? 나에게 책임을 떠넘기려는 말이었을까?

그 일이 있고 점점 열정이 사그라들 무렵, 문득 나를 지도해 주신 은사님께서 하셨던 말씀이 떠올랐다. "봉사는 즐겁게 하는 거야, 넘치면 안 된다." 이 말이 뿌리가 되어 내 인생의 모험에 이정표 역할을 해 주었다.

[40대/마음이 웃는 말]

"정이는 감정에 치우치지 않고 중심을 잡고 말해줘서 참 좋아."

상담사란 직업은 필자에게 여러모로 의미가 있다. 과거 경험했던 PTSD(외상 후 스트레스 장애)로 인해 현재를 살아가지 못하고, 과거와 먼 미래를 걱정하며 많은 날을 불안으로 보낸 세월이 있었다.

몇 년 전부터 지인들의 연락이 잦아졌다. 부부싸움, 시댁과의 갈등, 부모와의 갈등, 진로 방향성 등 고민이 생겼을 때 연락이 온다. "정이야, 바쁜데 미안해, 통화 괜찮아?", "응, 괜찮아."로 시작된 전화 통화는 1시간이 훌쩍 넘어가기도 했다. 잠시 시간을 내어서 고민 이야기를 들어주며 수화기를 떼지 못하는 이유에 대한 대답은 명확하다. 조용히 내 말을 들어주는 한 사람이 간절했던 경험이 있었기에, 이젠 누군가의 말을 들어주는 한 사람이 될 정도로 단단해졌다는 뜻이 아닐까?

의사소통 프로그램을 준비하면서 암(癌)이라는 한자가 눈에 들어왔다. 입을 세 개나 가지고 있는데 말을 못 하게 큰 산이 막고 있으니 암에 걸린다는 풀이다. 표현하지 않고 말을 가두는 과정에서의 심적 괴로움이 신체 질병으로 이어진다는 것이다. 많은 사람이 자신의 얘기를 들어주는 한 사람이 없어 암에 걸린다니, 서로를 온전히 보여주며 이해할 수 있는 관계를 맺기가 어려운 사회적 현실이 참으로 안타깝다.

듣기는 창의적인 힘이다. 우리는 잘 들어주는 친구와 가까이 지내려 하고 곁에 머물려고 한다. 누군가 경청해줄 때 우리는 창의적으로 되고 자신을 활짝 열어 확장한다. 내 말을 들어주는 한 사람이 필요하다면 우선, 누군가의 말을 들어주는 사람이 되어보자.

3
사회 안에서

[선생님/마음이 우는 말]

"시험 점수 90점 받아야 한다.

못 받을 사람 그대로 앉아 있어!"

초등학교 4학년 담임선생님의 지도 방식은 학교에 가기 싫을 정도로 불편했다. 군 제대 후 곧바로 4학년 담임을 맡으셨는데, 군대식 체벌을 그대로 교육과정에 적용하셨다.

시험 며칠 전 학생들을 책상 위에 앉게 하고 "시험 점수 90점 받지 못할 사람 그대로 앉아 있어."라며 성적을 올릴 것을 강요했다. 학년 평균 점수를 높이 올리고 싶었던 것이다. 강압적인 태도에 당시 모두 다 책상에서 내려가 앉았는데, 공부보다 놀기에 바빴던 나는 90점을 받지 못할 것 같은 불안감과 함께 왜 이렇게까지 해서 90점을 받아야 하는지 이해할 수 없었다. 불편한 마음을 책상 위에 그대로 앉아 있는 행동으로 표현했다.

단 한 명의 학생만이 선생님의 권위에 도전한 것이다. 그 행동이 못마땅하셨는지 그 후로도 체벌이 계속 이어졌다. 시간이 지날수록 눈물이 많아졌는데, 항상 내 옆에서 눈물을 닦아 준 친구가 있었다. 당시 힘듦 속에서도 위로받을 수 있는 교실 속 한 송이 꽃과 같은 친구의 존재가 계절 꽃의 향기와 같아 하루하루를 버틸 수가 있었다.

소크라테스는 "무지한 자가 겪어 마땅한 벌은 지자(知者)로부터 가르침을 받는 것이다."라고 했다. 무자비한 체벌보다는 교육과 선도가 90점을 받을 수 있는 지름길이 아니었을까?

[선생님/마음이 웃는 말]

"장 선생은 잘할 거야."

사람마다 언어적 표현 방식이 다르다. 유홍준 교수의 『나의 문화유산답사기』에는 "아는 만큼 보인다. 보이는 만큼 사랑하게 된다."라는 말이 나온다. 제자를 진심으로 사랑한다면 지도할 때 성장의 언어로 표현해 줘야 할 것이다. 성장에 필요한 물과 거름이 될 언어적 표현을 사용하는 것이다.

비가 조금씩 내리던 날 종강 수업 후 동기들과 교수님을 모시고 근처 조용한 카페로 갔다. "장 선생은 공부 더 해?" 교수님은 다른 동기들이 들리지 않게 조용히 맞은편에 앉은 나에게 말씀하셨다. "실은 교수님~" 자연스럽게 고민을 털어놓았다. 간호학 전공 후 상담심리학 석사과정을 마친 시점에서 두 진로를 같이하고 싶은 마음에 고민이 되었다.

"장 선생은 잘할 거야.", "잘 해냈어.", "미래가 보인다."라는 응원의 말에 이루어질 수 없는 꿈도 꿔보고 실현도 하게 되었다. 물과 거름이 되어주는 말들은 알아서 잘 성장할 거라는 긍정적인 기대와 믿음이다. 조각가 피그말리온이 아름다운 여인상을 조각하고 매일 긍정적인 말을 걸며 사랑하게 되자, 아프로디테가 감동하여 조각상에 생명을 불어넣은 신화처럼 긍정적인 말은 사람에게 좋은 효과가 있게 된다.

[직장/마음이 우는 말]

"경력이 몇 년 됐어요?"

마음이 고요해지는 음악을 찾아 들으며 생각 정리를 시작했다. 들리던 음악이 멈춤과 동시에 머릿속 울림처럼 뇌에 퍼지는 "경력이 몇 년 됐어요?" 질문은 마치, 자기는 높고 필자는 낮다는 말처럼 들렸다.

인권 활동가와 전문상담사인 나는 유독 갑질에 민감하고 이것을 개선하려는 의욕이 강한 사람이다. 내담자의 권리를 옹호하고 지키기 위해서는 항상 내 권리도 지켜야 한다는 생각으로 상담에 임하고 있다. 그렇기에, "지금 하는 말이 지도 과정과 어떤 연관성이 있나요?"로 충분히 불편한 기색을 내보이며 되물었다. 존중하기보다 평가하는 언행과 '갑질'을 하며 상대를 누르고 우월감을 과시하는 사람에게 무릎을 꿇고 싶지 않았다.

'해리포터'에서 해리는 겁에 질린 친구들에게 용기를 주기 위해 "역사상 위대했던 마법사들도 전부 처음엔 우리처럼 학생이었어! 그들이 해냈다면 우리도 문제없어."라고 했다. 누구나 다 처음이 있고, 상호 간의 위치와 입장은 언제든 바뀔 수가 있다. 하지만 이 사실을 누구나 쉽게 잊어버리고 산다.

[직장/마음이 웃는 말]

"선생님 잘 지내시죠, 좋은 소식이 있어요."

가장 어려운 시기에 이루어진 상담을 마무리하고 나면 문뜩 상담했던 이들이 잘 지내고 있는지 소식이 궁금할 때도 있다. '무소식이 희소식'이라는 말이 있지만, 내심 소식을 기다리며 걱정이 된다.

"잘 지내시죠?" 유난히 피곤했던 날 반가운 목소리를 듣게 된다. 상대방의 모습을 볼 수 없지만 음성을 통해서 내 곁에 가까이 있는 것처럼 느껴진다. "네, 안녕하세요." 피로했던 눈과 귀는 상대방의 목소리로 채워지고 집중하게 된다. "잘하셨네요. 너무 기뻐요. 앞으로도 잘 해낼 수 있을 거예요." 그들이 잘 지낼 수 있도록 '희망'을 선물해 준다. 일상이 무너지는 힘든 시기를 잘 지나서 이전의 삶으로 돌아가 치유를 경험한 후 가장 멋진 모습이 되었을 때 '좋은 소식을 전해주고 싶은 사람'이 되었다. 이렇듯, 단순 호기심의 '물음표'가 서로를 생각하는 '느낌표'로 변하는 신기한 경험들이 늘어가고 있다.

'희망'을 전해주는 말과 함께 좋은 소식이 들려오기를 바라는 마음으로 아침을 시작한다. 혜민 스님이 했던 말 중에 이런 말이 있다. "좋은 인연이란, 시작이 좋은 인연이 아닌 끝이 좋은 인연입니다. 시작은 나와 상관없이 시작되었어도 인연을 어떻게 마무리하는가는 나 자신에게 달렸기 때문입니다."

[이웃/마음이 우는 말]

"내 집 앞에 주차하지 마세요."

간호사로 근무하던 시절 수술 도구 카운트가 맞지 않아 당시 친분이 있었던 언니에게 받으러 갔다. 그때 처음으로 남편과 함께 대전의 목운 주택이라는 곳을 방문하고 나서 이곳에 머물고 싶은 마음이 간절하게 들었다. 서로의 바람은 현실이 되어 첫 번째 집을 사게 되었다. 이웃들과 텃밭의 농작물과 먹을거리를 나누며 잘 지내고 있었다. 좋은 집은 삶의 질을 바꿔 준다고 했던가? 어머니의 죽음으로 오랜 시간 마음이 아팠던 나에게 이곳은 쉼과 치유를 가져다주었다.

"집 앞은 주차장 주인이 사용해야지, 윗집 사람이 우리 집 앞에 주차한다. 못 하게 해라!" 주차 후 집으로 들어가려는데 옆집에서 쫓아와 말한다. 고개를 돌려 다른 차들을 보니 주차된 차들은 죄다 집주인 차들이었다. 이 층 세입자와 옆집은 왜인지 사이가 좋지 않았다. "이야기해 볼게요." 큰일 아닌 것처럼 태연하게 말하고 들어왔다.

그 후로 주차금지 표지판과 물통이 옆집 앞에 놓이기 시작했다. 내 집에 주차하지 말라는 '경고'인 것처럼 느껴졌다. 이전과 다른 찡그려진 얼굴로 이웃들의 행동이 달라졌다. '조금 돌아서 주차하고 걸어오면 좋을 것을 유독 세입자만 못 하게 하는 건

집주인과 세입자의 차이였던 것일까?'

정당하지 않다는 생각이 들었다. 정리되지 않은 갈등은 오랜 시간 서로의 기억 속에 남아있다. 놀이터 아이들에게 아들이 지나가는 말로 '이사'를 간다고 말했다. 이사를 하면 친구들을 못 보게 되는 상황에서 아이들에게 이곳에 대한 좋은 추억만 남게 해 주고 싶었다.

[이웃/마음이 웃는 말]

"정이야, 오늘 돼지국밥 먹을까?"

직장 선배가 이웃 언니가 되었다. 언니는 엄마가 돌아가시고 나서 내 편에서 늘 챙겨주었다. 주택으로 이사를 오고 난 후 여기저기 동네 숨은 맛집과 정보들을 친절하게 알려주었다. 언니와 함께 얘기하는 시간은 자기 고백의 시간이 된다. "엄마가 떠나기 전에 이런저런 사건이 많았어." 상실의 아픔 속 죄책감을 조금씩 나누며 언니 삶의 지혜를 통해서 조금씩 충전하고 있었다.

"정이야, 이 근처 돼지국밥 먹을까?"라는 질문은 '정이야. 힘들지?'라는 말이 되어 언니의 배려가 전해졌다. "음, 그래" 사실 돼지국밥을 먹어보지 않아서 딱 내키지는 않았다. 처음 맛본 돼지국밥의 구수함과 든든한 포만감은 허기진 마음을 달래주는 것 같았다. 그 후로 엄마의 손맛이 그리워질 때면 찾게 되는 '엄마 밥'이 되었다.

발 실수는 곧 회복할 수 있을지 몰라도,

말실수는 결코 만회할 수 없다.

-벤자민 프랭클린-

Part 8

남채화

1

가정 안에서

[부모/마음이 우는 말]

"네 머리는 나처럼 좋지 않지만, 성격이 좋잖아."

엄마에게 들은 말 중, 정말 유일하게 내 마음을 울게 한 말은 "네 머리는 나처럼 좋지 않지만, 성격이 좋잖아."였다. 여기서 '나처럼 좋지 않지만'은 당신께서도 머리가 좋지 않음을 말씀하신 거였다. 기준은 아버지였다. 엄마께서 보시기에는 아버지는 머리가 꽤 좋으신 분이었던 것 같다. 나의 기억과는 상관없이. 그렇다면 나의 기준은 누구인가? 두 살 터울의 내 남동생이었다. 남동생은 나보다 공부를 잘했다.

그런데 나는 한 번도 내가 머리가 나쁘다고 생각한 적이 없다. 좋아하는 과목에 따라 좀 다르기는 했으나 수학으로 전교 10등 안에도 들고 그랬었다. 그런데도 엄마는 좀 더 잘하는 동생과 비교하며 그래도 성격은 네가 더 좋다고 말씀하시는 거였다. 결국, 나는 화를 내고야 말았다.

일부러 상처 주려고 하시는 말씀이 아닌 걸 알고 있다. 그러나 어떤 이유에서든, 나는 '비교'를 통해서 나 자신이 누구인지를 확인하고 싶지 않았다. 나의 비교 대상은 항상 조금 부족했을 수 있는 '어제의 나'이다. 세상이 상대평가로 부지런히 나를 정의 내릴지라도. 어릴 때도, 지금도 그 생각에 변함은 없기에 나는 엄마의 그 말씀이 참 미웠다.

[부모/마음이 웃는 말]

"네가 있어서 얼마나 좋은지 모른다."

엄마에게 있어서 딸은 어떤 존재일까. 나는 딸은 엄마의 '친구'라는 생각이 든다. 목욕탕을 같이 가서 등을 밀어주고, 어디

가서 못 하는 남편과 자식들의 흉도 볼 수 있으며 또한 그들이 얼마나 멋진 존재인지를 입에 침이 마르게 자랑할 수 있는 사이. 특히 딸이 엄마에게 하는 남편과 자식들의 자랑은 '우리 사위'의 대단함과 '우리 손주들'의 사랑스러움으로 전달되어, 엄마에게는 '내가 참 잘 살았다'라는 성적표를 주는 셈이다.

같이 목욕하고 나오는 길엔 늘 맛있는 식사를 함께한다. 그때마다 말씀하신다. "난 네가 있어서 얼마나 좋은지 모른다. 막 자랑하고 다녀. 사위도 너무 좋고 애들도 너무 예쁘고. 정말 내가 복이 많다." 그러면 나는 말한다. "다 엄마 덕분이죠."라고.

우리 애들을 오랫동안 봐주셨기에 우리 부부가 걱정 없이 맞벌이를 할 수 있었고 큰 걱정 없이 살 수 있었다. 그것에 비하면 이렇게 해 드리는 것은 너무나도 작은 보답임을 안다. 그래서 엄마께서 "네가 있어서 참 좋다."라고 하실 때마다, 미소 짓게 되고 나는 더 열심히 살아서 엄마께 선물 같은 딸이 되고 싶다는 생각이 든다.

[부부/마음이 우는 말]

"당연한 거 아냐?"

남편에게서 들은 마음 속상한 말은 "당연한 거 아냐?"였다. 아이가 초등학교 때 4과목에서 2개를 틀린 적이 있었다. 그때 옆에 있던 남편은 "초등학교 땐 당연히 올백 맞아야 하는 거 아니야?"라고 하는 게 아닌가! 본인은 중고등학교 시절, '교과서 위주로 수업'만 열심히 들어도 올백을 받았으니 크게 문제 될 것이 아니라 여기는 듯했다. 중학교에 가서 틀리는 문제들이 늘어날 때도 "이런 것도 틀리네, 중학교 때는 당연히 90점은 넘어야 하는 거 아냐?"라고 애들에게도 나에게도 툭 말했다. 아이의 실망하는 표정을 남편이 봤어야 했는데.

당연한 것이 어디 있나. 본인에게는 쉬운 일일지라도 아이는 남편과는 전혀 다른 사람이니 어려울 수도 있는 것을. 두 남자아이를 키우며 그도 '당연한' 것이 없음을 느끼고 경험하니, 이제는 그런 말을 거의 하지 않는다. 가끔 그런 느낌이 온다 싶으면 나는 눈빛으로 말해주곤 한다. '당연히는 없잖아'라고.

[부부/마음이 웃는 말]

"아직도 예쁘다."

만약 누군가가 "다시 태어나도 지금의 남편과 결혼하겠느냐?"라고 물어오면, 오글거리지만 분명하게 "네!"라고 말할 수 있다. 왜냐하면, 그는 정말 나를 예뻐하기 때문이다.

맞다. 그저 통통한 중년의 아줌마인데도 그는 내 눈 밑 애굣살도 적당하다 해주고, 어려 보인다고 해주며 막 자다 깬 헝클어진 머리에 부은 눈을 보고도, 다정하고 사랑스럽게 "부은 눈도 예쁘네."라고 말한다. 하루는 네 식구가 외출했다가 엘리베이터를 타고 올라가는데 거울을 보던 남편이 말했다. "얘들아! 너희 엄마 진짜 예쁘지 않냐?" 아이들은 웃었고 난 오글거려서 "헐 뭐야. 뭐가 이뻐. 다 늙어서."라고 받아쳤다. 하지만 올라간 입꼬리는 숨길 수 없었고 마음이 참 따뜻해졌다.

연애할 때는 정말 예뻐 보일 나이였고 30대까지는 나 스스로 '뭐 이 정도면 괜찮네.'라고 후하게 인심을 쓸 수 있었다. 하지만 세월은 누구에게나 공평하게 주름과 흔적을 남기니 나도 예외는 아니라, '예쁘다'라거나 '귀엽다'라는 말은 내게 그다지 어울리지 않은 말이 되고 있었다. 하물며 20년 이상을 함께 이런 일 저런 일 겪으며 사는, 나의 '민낯'을 아는 남편에게서 "아직도 진짜 예쁘다." 또는 "귀엽다."라는 말을 들으면 내가 뭔가 잘 살아온 것 같고 앞으로 더 예쁜 사람이 되어야겠다는 생각이 든다.

[자녀/마음이 우는 말]

"지금이라도 빨리 결정하자."

둘째는 중3부터 슬슬 사춘기에 접어들더니 고등학교 와서도 아직 그분과 함께인 것 같다. 참 강력한 양반. 사춘기의 양상은 다양해서 꼭 엇나가거나 게임에 빠지거나 하는 것만은 아니다. 약간의 무기력과 약간의 반항, 약간의 게임 등 각 분야를 '조금씩' 섭렵하기도 한다. 그리고 그 결말은 엄청난 성적 하락이었다.

일단은 대화로 시작했다. 그러다가 아이의 뚱해 보이는 얼굴을 보며 혼자 열이 오른 나는 어느새 한마디를 해버렸다. "앞으로도 이런 식이라면, 지금이라도 빨리 결정하자. 꼭 공부만이 정답은 아니야. 다른 길을 찾아봐야지." 나는 알고 있다. '이걸 들으면 확 정신이 들면서, 자존심이 상해서라도 공부하겠지?'라는 얄팍한 계산이 먼저였다.

남편에게는 아이 기죽이는 말을 하지 말자 해 놓고, 나는 좀 더 나쁜 말로 '공부는 애초에 그른 아이'로 낙인을 찍어 버린 것 같아서 미안하고 또 미안했다. 그래서 이런저런 대화 끝에, 나는 나빴던 나의 말에 대해 사과했고, 아들은 자신이 아직은 사춘기인 것 같고, 공부에 집중이 잘 안 되지만 고등학생이니만큼 이번 겨울방학은 열심히 공부해보리라 다짐하는 것으로 마무리했다. 어쩌면 이 글은 둘째에게 보내는 나의 사과 편지가 아닐까 싶다. 이렇게 또 나는 '성장형 엄마'가 되어간다.

[자녀/마음이 웃는 말]

"엄마의 존재가 제겐 선물이에요."

우리 집 두 아들은 정말 따뜻한 마음과 말을 하는 아이들이다. 그중에서 둘째는 사춘기님을 만나고는 여러 면에서 느린 걸음을 걸었지만, 가족을 배려하는 마음에서는 정말 누구보다도 빠르고 따뜻하다. "너도 수고 많았어!"라고 하면 "엄마가 더 수고 많으셨죠. 쉬세요."라며 안아준다.

얼마 전 둘째 생일이었는데 고등학생쯤 되니 선물로 뭘 줘야 할지 애매했다. 돈을 주기엔 좀 아쉬워서 "아들, 생일 선물로 뭘 해줄까?" 했더니 "괜찮아요. 엄마의 존재가 제겐 선물이에요." 라고 하는 거다. 함께 침대에서 도란도란 얘기하다 난 놀라고 감동스러워서 잠시 아무 말도 못 했다. '이 아이는 어떻게 이런 감동적인 말을 할 수 있을까?'

나의 못난 말로 상처받았을 때도 많았을 텐데, '그냥 아무거나요' 하고 넘어가도 괜찮은데 이 아이는 선물을 묻는 내게 선물을 주고 있다. 매일 보는 가족이 특별한 선물이라는 진리를 깨달을 수 있었던 엄청난 말이었다. "우리 가족이 저에겐 매일 매일의 선물입니다!" 나는 이렇게 소리치고 싶다.

2

우정 안에서

[10대/마음이 우는 말]

"네가 뭔데!"

여자중학교를 다녔던 나는 학교에 많지 않은 남자 선생님들, 특히 체육 선생님과 친했다. 짧은 머리를 하고 성격도 활발했던 나에게 반갑게 편하게 이런저런 얘기 해주시니 좋았는데 아이들 눈에는 내가 그 선생님께 이쁨을 받으려고 무척 애쓰는 아이처럼 보였던 것 같다.

우리 반에서 운동 잘하고 같이 체육대회를 준비했던 친구 중한 명이 나를 불러 세웠다. "야, 네가 뭔데 자꾸 체육 선생님께 꼬리 치냐." 처음엔 '꼬리 친다'는 말이 정말 어이없었다. 그런데 자꾸 "네가 뭔데", 이 말이 마음에 남아서 내 속을 시끄럽게 했다. "네가 공부를 잘하냐, 이쁘기를 하냐?" 이런 비슷한 말로 바꿔 생각되고 한동안 소심하게 생활했었다. 물론 내가 스스로 못난 부분이라고 생각했던 것들이 그 말에 투영되었던 것이리라.

그 이후로 나는 말하기 전에 조금 더 생각하고 말을 하기 시작했다. 특히 사춘기 시기의 아이들을 많이 만나는 일을 하다 보니, 그 시절의 나를 떠올리며 조심하게 된다. 말은 단지 그 단어 자체의 뜻뿐만 아니라, 상황에 따라 그 이상의 의미로도 받아들여질 수 있으니까 말이다.

[10대/마음이 웃는 말]

"부럽다!"

아직도 기억난다. 학교 벤치에서 공상에 빠져있던 내게 같은 반이었던 한 아이가 와서 물었다. "너 막심 고리키의 『어머니』

라는 책을 읽어봤니?", "응? 그게 뭔데?", "음…. 너 우리 책 읽는 모임에 오지 않을래?" 이렇게 나는 고등학교 때 독서 모임을 가장한 그 시절의 '고등학교 학생운동'을 시작했다. 『노동의 새벽』과 『거꾸로 읽는 세계사』 등을 읽으며 우리가 알지 못했던 진실을 마주하려는 작은 시작이었다. 그 모임을 계기로 나는 많은 선배와 친구들을 만날 수 있었다.

어느 봄날, 생일 무렵 그 모임의 한 친구가 내게 두툼한 편지 봉투를 건네면서 말했다.

"이거 너 생일 기념으로 모두 축하 편지 쓴 거야. 부럽다 진짜!" 모임의 동기들과 선배들이 나를 축하하고 응원해준 그 편지 꾸러미를 받으면서 벅차오르는 감동과 더불어, 내가 부러움의 대상이 될 수 있음이 신기하고 행복했다. 그 한마디가 내 자존감을 끌어올려 주었고, 좀 더 어깨를 펴고 학교생활을 즐겁게 할 수 있었다.

누군가에게 솔직하게 '부럽다'는 말을 해 본 적이 언제인가. 그 말은 누군가에게는 자존감을 올려주는 멋진 말이 될 수도 있음을 다시 한번 생각하게 된다.

[20대/마음이 우는 말]

"착각하지 마!"

혈기 왕성하던 이십 대에 학교 영자 신문사 기자를 하며 나는 무서운 선배 역할을 맡았다. 제대로 단계를 밟은 기자 중에 후임 편집장이 나와야 한다고 생각했었기에, 신입 기자 및 정기자 생활을 제대로 해 보지 않았던 A가 교수님의 말 한마디로 편집장이 되는 것은 말도 안 된다고 생각했다.

어느 날, 문제가 생겨 신입 기자와 정 기자들을 불러 세워 혼냈다. 그런데 A가 뭔가 억울하다는 듯 화를 냈고, 나는 "지금 본인이 뭔가 대단한 사람인 것처럼 착각하시나 봐요? 정신 차리세요!"라는 말을 하고야 말았다. '너 교수님이 밀어주니까 잘난 줄 아나 본데 그거 아니거든? 편집장은 영어만 잘해서 되는 게 아냐!'라고 말하고 싶었던 것 같았다. 결국 나는 A를 울리고야 말았다. 후에 나는 A가 교수님의 부탁으로 어쩔 수 없이 신문사에 오게 되었다는 것을 알았다. 나야말로 무슨 착각을 하고 있었나. 나 역시도 그저 배워가는 일이 일상인, 선배들 속을 썩이는 후배였던 것을 다 잊은 것인가.

A는 2학년을 마치고 신문사를 그만두었다. 미안한 마음을 전달하기에는 더 어색해져 버려서, A의 결혼식에 참석하고 축의금을 내는 것으로 그 미안함을 대신했다. 그날 옥상으로 불어왔던 바람의 묵직함이 아직도 생각나는 걸 보면, 나는 내가 뱉어낸 '말의 무게'를 아직도 느끼는 것임이 틀림없다.

[20대/마음이 웃는 말]

"그래! 가자!"

1994년 여름, 우리나라 역사에서 기억될 만한 그 뜨거운 여름은, 학교 꼭대기 층에 있는 신문사에서 뜨거운 피를 가진 청춘들이 글을 쓰기엔 심각했다. 우리는 글 한 줄 쓰다가 맥줏집이나 노래방으로 도망가곤 했다.

그러던 어느 날, 뜨거운 햇볕을 온몸으로 받으며 학교로 들어가던 길이었다. 기억은 안 나지만 누군가 이렇게 말했다. "바다에 가자! 도저히 안 되겠다." 나는, 아니 우리 모두는 "그래, 가자!"라며 가진 돈을 모두 털어서 기차표를 사고 광안리 바다로 무작정 떠났다. 어두컴컴해진 광안리 바다에서, 낼없사(내일이 없는 사람)인 우리는 새벽까지 신나게 놀았다. 갈 때까지 고민한 풀리지 않던 원고도 마무리할 수 있었고, 뜨거운 여름도 잘 버틸 수 있었다.

생각해보면, 그때의 경험으로 나는 새로운 일에 좀 더 과감하게 나설 수 있었던 것 같다. 누군가 "하자!" 했을 때, "그래! 그러자!"라며 함께 마음을 모으고, 내일을 생각하지 않고 앞으로만 가고, 크게 웃으며 아무렇지 않게 시간을 써본 적이 언제일까? 나의 아이들이 앞으로 살아갈 젊은 날에, 나는 그런 말을 해주는 부모가 되어야겠다는 생각이 든다.

[30대/마음이 우는 말]

"수준이 차이 나서…."

남자아이를 키우다 보면 방과 후의 축구 클럽활동은 필수인 것 같다. '어느 정도는 움직이겠지.' 했지만, 우리 집 남자 2호는 축구클럽에 가서 모래놀이를 하고 있었다. 어느 날은 자기가 '철벽 수비'를 해서 잘 막았다고 해서 속으로 얼마나 웃었는지 모른다. '귀여운 녀석. 야! 철벽 수비가 아니라 네가 안 움직이다가 얻어걸린 거 아냐?' 하지만 이건 어디까지나 엄마로서의 속마음이었다. 이걸 남이 겉으로 말할 때는 다른 문제가 된다.

축구클럽의 아이들이 늘어나고 잘하는 아이들과 못하는 아이들이 나누어지게 될 무렵, 잘하는 아이들은 다른 축구클럽으로 옮겨가 버렸다. 그 잘하는 아이들의 엄마 중 하나가 "미안한데 수준이 차이 나서…."라고 했을 때, 너무나도 서운했다. 어쩔 수 없는 일이라는 걸 알고 있다. 하지만, 아이가 "엄마, 우리가 너무 못해서 걔들은 다른 축구클럽 간대요."라고 했을 때, 나도 모르게 입술을 깨물게 되었다.

아이는 내 얘기에 수긍은 했지만, 축 처진 어깨로 축구를 갔다. 나라면 뭐라고 얘기했을까? '축구를 본격적으로 한번 해 보려고요.'라든가 '시간이 안 맞아서요.'라고 했으면 더 나았을까? 나이 들어서도 여전히 남에게 상처 주지 않고 말하는 법은 어렵기만 한 것 같고, 어디 가서 '말 공부'를, 아니 '마음공부'를 해야 할 것 같다.

[30대/마음이 웃는 말]

"여기로 와요."

나는 졸업하기도 전부터 일을 해서 사회에서 만난 친구들이 대부분이었다. 같은 일을 하고, 이야기의 주제들도 비슷해서 편했다. 아이를 키우면서, 동네 친구들을 만들어야 한다는 것이 문제였다. 너무나도 어색했다. 내 영역이 아닌, 아이의 영역에서 내 친구 만드는 일은.

어느 날, 같은 반 친구 생일에 초대받았다고 해서 아이와 함께 학교 앞 놀이터로 나갔다. 아이만 보내고 나는 얼른 오고 싶었는데 다른 아이들과 잘 놀지 못하고 혼자서 모래놀이를 시작하는 것이 아닌가. 나와 똑 닮아서일까. 나는 어느새 안절부절못하며 서 있었다. "여기로 와요. 누구 엄마예요?" 한 엄마가 나를 붙잡고 반갑게 인사하며 엄마들 있는 쪽으로 이끌었다. "아 성우 엄마시구나. 성우가 어디 있죠? 저기 모래놀이 하는 아이? 성우야 이리 와."

그렇게 시작된 그 모임은 지금도 이어지고 있고 서로를 응원하고 생일을 챙겨주며 만나고 있다. 그 엄마(은정아, 고마워!)가 아니었다면 우리 애는 둘째치고, 나의 삶이 얼마나 삭막했을까 싶다. 그날을 생각하면 아직도 미소가 지어진다. 겉돌기를 하는 누군가에게 '여기로 와요.'라는 말은 삶의 색깔을 바꾸기에 충분한 것이 아닐까 싶다.

3

사회 안에서

[선배/마음이 우는 말]

"일할 사람은 많아요."

20대 초반의 혈기 왕성한 내게 첫 직장이었던 학원은 당시에 초등부와 중등부가 있는 제법 규모 있는 학원이었지만 특강을 해도 따로 보수를 받는 구조는 아니었다. 규모가 커지고 강사들이 늘고 일도 늘어나면서, 특강을 하고 제대로 된 강의료를 받아야 한다는 강사들의 목소리들이 커지기 시작했다.

후폭풍은 상당했다. 나와 동료들이 특강비 얘기를 꺼낸 후 곧 2년 차 이상 되는 강사들 모두 원장실로 불려 갔다. 두툼한 서류 뭉치를 던지며 원장님이 꺼내신 한마디는 이랬다. “선생님들 아니어도 일할 사람은 많아요. 이게 다 이력서예요.” 상당히 긴 시간 동안, 우리는 그 서류 뭉치들 속에 있는 그 누구와도 바꿔치기 될 수 있는 사람들이고, 특강비를 받지 않고도 이 일을 할 사람이 많다는 얘기를 들은 듯하다.

물론, 그런 분위기에서 원장님의 입장이란 것이 있다는 걸 알지만, 한창 열정적으로 일하는 누군가에게 ‘너 아니어도 된다’는 말을 듣고 다시 열정을 되찾기에는 조금 시간이 필요했다.

[선배/마음이 웃는 말]

“한번 해 봐!”

나의 첫 직장은 이제 막 크고 있는 작은 학원이었다. 어색해하며 들어간 곳의 한쪽 구석에서 인상 좋아 보이는 아주머니 한 분이 밝은 모습으로 나를 맞이해 주었다. 아직도 생각난다. 아무것도 모르는 초보인 나를 키워주시고 지금의 나를 만들어주신 원장님과의 첫 만남이었다.

"이 교재 사봐도 될까요?"
"어 그래. 해 봐!"
"이번 교육 저도 가도 될까요?"
"그럼. 같이 가봐."

원장님은 나에게 학원의 초등영어를 키워보라며 전폭적인 지원을 해주셨다. 실제 수업에 사용하지 않지만, 더 좋은 수업을 위해 필요하다 말씀드리면 "한번 해 봐." 하시면서 물심양면으로 지원해주셨다. 그때 봤던 많은 원서와 받았던 교육이 내가 지금까지 이 일을 하는 데 밑거름이 되었음을 말해서 무엇하겠는가.

누군가의 열정에 대해 아낌없는 지지를 보여주는 "그래, 그렇게 해 봐."라는 말이 열정을 열매 맺게 해준다는 생각이 든다. 내 자식들에게뿐만 아니라 나의 제자들이 뭔가 도전하려고 할 때, 그 얘기를 귀담아듣고 "그래, 그렇게 해 봐!"라고 해준다면 어떨까?

[사회 친구/마음이 우는 말]

"참 모순적인 것 같아요."

학원에서 2년 차쯤 되었을 때의 일이다. 신입 선생님들 환영회 삼아서 다 같이 한잔하러 모였다. 이런저런 얘기를 나누다가 한 선생님이 나에게 불쑥 말했다. "선생님은 좀 모순적인 것 같아요." 밑도 끝도 없이? 환영회 자리였고 동료로, 친구로 편하게 해줬던 터라 왜냐고 막 묻기가 어려웠다. 그래서 그냥 웃으며 "그런가요? 하하. 뭐, 사람은 모순적인 면이 다 있잖아요?" 하고 웃으며 넘겼다.

그날 말했는지, 나중에 알게 되었는지 기억이 잘 나지 않지만, 그녀가 나에게 그 말을 그냥 지나가는 말로 한 것은 아니었다. 그녀의 말인즉, 나 같은 활달한 사람은 대표로 앞장서서 선생님들의 권리를 위해 원장님에게 맞서야 한다는 것이다. 그런데 나는 하하 호호 선생님들과 즐겁게 지낼 생각만 하는 것으로 보였던 것 같다.

어쩌면 나는 그때 그랬을지도 모른다. 그러나 겨우 한 달여

동안 나를 지켜보고 내린 결론이 모순적이라니. 설사 그렇게 생각한다 해도 그런 자리에서 밑도 끝도 없이 툭 던지는, 부정적인 의미의 '모순적'이란 말은 한동안 나 자신에 대해 생각해보게 만들고 나를 좀 못난 사람이라고 생각하게 했다.

[사회 친구/마음이 웃는 말]

"힐링하고 가요."

나는 아들만 둘이다. 딸이라고 다 키우기 쉬울까만, 정말 나와 다른 행성에서 온 듯한 아들의 사춘기는 말해서 무엇 하랴. 아들 둘을 키우고, 그 시기의 아이들과 공부하는 것이 일이다 보니, 학부모들과 아들들 친구 엄마들이 자주 상담하러 온다.

"걔는 아무 생각이 없는 애 같아요."
"게임과 핸드폰 중독이에요. 대학은 둘째치고 뭐라도 할 수나 있을지 모르겠어요."

수업 전에 엄마와 한바탕 전투를 벌이고 수업하기도 하고,

심지어는 모자간의 전투를 함께 겪은 적도 많다. 엄마들은 분노로 시작해서 걱정으로 마무리하는 얘기들을 터놓는다. '남의 집 ○○이'는 사춘기가 없는 듯한 아이들도 있다. 하지만 정도가 다를 뿐, 다들 우리는 '금쪽이' 같은 시절을 겪지 않던가. 좀 더 우리 아이들을 들여다보고 안아주고 얘기할 수 있도록, 진심으로 찬찬히 들어줄 수 있는 마음을 어른들이 먼저 가져야 함을 잊지 말자고, 나도 한 번 더 다짐하며 차 한 잔을 함께한다.

그러고 나면, 그들은 나에게 얘기한다. "정말 중간중간 선생님 얘기 들으러 와야 해. 힐링하고 가요." 그럴 때마다 정말 감사하고 미소 짓게 된다. 누군가의 마음의 소리를 읽어 주고, 공감해 주고, 힐링을 주는 사람이 된다는 것은 정말 행복한 일인 것 같다.

[후배/마음이 우는 말]

"인생은 어차피 혼자 살아가는 거예요."

내가 좋아하는 후배가 있는데 그 친구는 정말 이제까지 내가 알고 만난 사람 중, 가장 에너지 넘치는 사람이다. 그런 그녀를 얼마 전에 모처럼 만났다. 그녀에게 "요즘 진짜 사람도 못 만나고. 이러다가 인간관계 다 끊어지겠어."라고 투덜거렸다. 그랬더니 "인생은 어차피 혼자 살아가는 거예요."라고 하는 것이 아닌가.

인생이라는 것이 항상 남과 함께할 수 없으며, 자기 삶에서 주인공인 만큼 우리는 홀로 모노드라마를 찍는 배우일 수 있음을 안다. 하지만 너무도 만남이 적은 내가 누구보다 많은 인간관계를 맺으며 사는 그녀를 부러워하는 마음에서 한 말인데, 인생은 혼자 사는 거란다. 만남이 있고 얼마 후 카톡을 하다가 그녀는 또 "혼자인 것은 인간의 숙명이다."라는 글을 띄웠다. 글은 말보다는 그것을 읽는 사람에 따라 다르게 해석되는 경향이 있으니 내가 예민한 것일 수도 있겠다고 생각했다. 하지만 다음에 이어질 말을 바로 찾지 못했다.

더 이상의 소통을 이어가지 못하게 하는 '마침표' 같은 말이 있는 것 같다. 외로움을 얘기했을 때 '인생은 혼자야'라든가, 응원을 계속하고 있는데 '그래 봤자 다 원래대로 돌아가더라'와 같은 식의 말이다. 바람 빠진 '말풍선'을 만드는 대화라고나 할까?

나 또한 누군가에게 '마침표' 같은 말을 하는 것은 아닌지 생각해보며, 서로 많이 외롭지 않게 쉼표로 채워봐야겠다.

[후배/마음이 웃는 말]

"사진 찍어둬야겠어요!"

자신의 감정을 표현하는 모습이 정말 열정 많고 사랑스러운 후배가 있다. 그녀와 나는 20대를 함께하고 지금도 같이 늙어가는 중이지만, 그녀의 그 사랑스러움은 20대의 그것이다.

학교에서 새벽까지 기사를 쓰고 나오던 길에, 가득 피었던 벚꽃이 새벽바람에 눈송이처럼 떨어지고 있었다. "어머! 어떡해! 선배님, 너무 예뻐요!" 봄이 되면 늘 피고 지는 벚꽃이건만, 그녀의 느낌표 가득한 감탄이 분홍 꽃송이들과 어우러져 울컥 눈물이 났었다.

얼마 전 그 후배가 근처에서 전시회와 북토크를 한다고 해서 잠깐 만났었다. 다른 이들도 있다고 하니, 원피스를 입고 머리도 좀 정리해주고 나섰다. 그녀가 그 분홍 벚꽃 빗속에서 그랬듯이 감탄하며 말했다. “어머! 너무 귀엽잖아요! 사진 한 장 찍어야겠다!”

부끄러워 손사래 치는 나의 그날을 박제해버린 그녀. 그녀는 이번에도 보통의 하루를 특별한 추억으로 만들어 놓았다. 누군가에게 특별한 순간을 만들어주는 마법 같은 말이 아닐까. “어머! 사진 찍어둬야겠어요!”

말도 아름다운 꽃처럼 그 색깔을 지니고 있다.

-E. 리스-

Part 9

손금례

1

가정 안에서

[부모/마음이 우는 말]

"네가 뭘 해."

집순이인 엄마는 외출하는 것보다 집에 있는 걸 더 좋아하신다. 집에 계시면서 항상 집안일을 하신다. 요즘은 다리가 불편하셔서 어디 외출도 쉽게 하기 힘드신데 온종일 집안일을 하시는 모습을 보면 마음이 안 좋다. 집에서 좀 쉬셨으면 좋겠다.

엄마는 모든 것을 혼자 하시려고 한다. 내가 가끔 친정에 가서 "엄마 힘드시니 내가 할게. 좀 쉬어."라고 말하면 "네가 뭘 해. 내가 해야지." 하신다. 엄마는 항상 본인이 직접 하셔야 마음이 편하신 것 같다. 하지만 연세도 있으시고 몸도 여기저기 아프신데 이제는 좀 우리에게 맡기고 쉬셔도 될 텐데 꼭 엄마가 하신다.

아빠 생신이었다. 몸이 아프다 하시던 엄마는 음식을 만들기 시작하셨다. 우리가 알아서 할 테니 그만 쉬시라고 했지만 엄마는 계속 음식을 만드셨다. 그런 엄마를 보면서 화가 나서 나도 모르게 "좀 쉬라고! 내가 한다니까!"라며 소리를 질렀다. 엄마는 "됐어. 내가 해." 하시면서 계속하셨다. 그런 엄마가 답답하고 화가 난다.

"엄마, 나도 이제 두 아이의 엄마야. 나도 잘해. 이젠 내가 할게. 엄마는 좀 쉬어."

[부모/마음이 웃는 말]

"넌 왜 엄마를 힘들게 하니? 엄마 힘들게 하지 마."

첫째는 아기 때부터 심장이 안 좋아서 병원을 자주 다녔다.

몸이 약해서 신경을 많이 써야 했던 아이였다. 아이를 키우며 힘들어서 자주 친정에 갔다. 아이는 집이 아닌 다른 곳에서는 편안히 잠을 자지 못했다. 잠투정이 심한 아이라 등에 업고 한참을 다녀야 잠이 들었다.

그날도 아이가 자지 않고 울어서 업고 나가려는데, 엄마가 "내가 업고 나갈게. 넌 좀 쉬어." 하시면서 아이를 업으셨다. 현관문을 열고 나가시면서 "넌 왜 엄마를 힘들게 하니. 엄마 힘들게 하지 마."라고 말했다. 나는 그 말을 듣고 "에이 엄마, 아이에게 왜 그런 소리를 해."라고 했다. 약한 아이라서 모든 게 신경이 쓰였고 아이에게 모든 게 집중되어 있었다.

엄마는 그런 내가 얼마나 안쓰러웠을까? 내 눈에는 잠을 못 자고 울고 있는 아이밖에 안 보이는데, 엄마는 힘들어하는 내 모습이 눈에 보이셨나 보다. 엄마의 그 한마디가 마음을 따듯하게 했다. 한 번도 그런 말을 안 하시는 분이었기에 더 감동이었다. 아이 키울 때는 자주 갔던 친정, 아이들이 크고 나니 가끔 가게 된다. 자주 연락드리고 찾아봬야겠다. 엄마 사랑합니다.

[부부/마음이 우는 말]

"언제까지 봉사만 할 거야?"

아이들을 학교에 보내고 나도 집을 나왔다. 도서관에 봉사활동을 가기 위해서다. 아이들이 어렸을 때 그림책을 읽어 주면서 즐거움을 느낀 나는 도서관과 학교에서 책을 읽어 주는 봉사를 하였다. 그러던 중 수업 문의가 들어오기 시작했다. 신기하면서 나를 인정해 주는 것 같아 좋았다. 10년 넘게 집에만 있다가 세상에 다시 나가려니 즐겁고 행복했다.

봉사가 많아지고 수업도 조금씩 하게 되면서 집에 있는 시간보다 밖에 나가 있는 시간이 길어졌다. 남편은 내가 봉사하면서 집에 신경을 못 쓰는 일이 생기니 불편했을까? 봉사 나가는 것을 별로 좋아하지 않았다.

그래서 종종 남편은 "언제까지 봉사만 할 거야? 그냥 집에 있으라니까. 집에 있으면서 편하게 집안일만 하면 좋잖아"라고 말한다. 그럼 나는 항상 이렇게 대답한다. "기다려 봐, 아직은 봉사가 많지만, 수업도 하고 있어. 점점 늘어날 거야."

난 집에 있는 것도 좋지만 밖에서 일하는 것이 더욱 나를 빛나게 하는 것 같아서 좋았다. 이런 나를 인정해 주지 않는 남편의 말에 한없이 약해진다. 너무 답답하고 서운하다. 지금 내가 하는 일을 그냥 응원해줄 수는 없는 걸까?

[부부/마음이 웃는 말]

"당신 대단한 거야. 당신 같은 사람도 없어."

봉사를 좋아하지 않는 남편에게 나는 봉사와 그로 인해 시작한 공부 그리고 일하면서 힘든 점 등 일에 관한 모든 것들을 전혀 이야기하지 않았다.

그러던 어느 날, 저녁을 먹으면서 남편은 내가 말하지 않는 것에 서운함을 표현했다. 나에 대해 다른 사람들에게 들어야 하는 일들이 생기기 시작하니 서운한 것 같았다. 나도 서운한 이야기를 했다. 자꾸 나를 무시하는 것 같아서 말하기 싫었다고 했다. 그러자 남편은 이렇게 말했다.

"당신 대단한 거야. 집에만 있던 사람이 자기 일을 시작한다는 게 얼마나 힘든 일인데, 당신 같은 사람도 없어. 내가 했던 말이 당신에게 상처가 된 줄 몰랐어."

얼마나 듣고 싶었던 말인지 갑자기 눈물이 났다. 그동안의 서운함이 스르륵 녹는 것 같았다. 나를 인정해 주는 것 같아서 좋았다. 이제는 누구보다 나를 응원하고 지지해주는 남편이다.

[자녀/마음이 우는 말]

"엄마 찌개가 너무 짜."

일요일 아침이다. 배고프다는 남편의 말을 듣고 서둘러 식사 준비했다. 음식을 잘 못하는 나는 레시피를 보면서 참치 두부찌개를 끓였다. 처음 해 보는 거라 걱정도 되었지만, 맛을 보니 꽤 괜찮았다. 짜게 먹는 남편을 위해 소금을 한 줌 더 넣었다. 맛있다는 말을 기대하면서 "어때?" 하고 물었다. 표정이 일그러진 남편은 짜다고 말했다. 남편이 짜다고 하면 정말 짠 거다. 맛있게 먹고 싶었는데 속상했다.

그때 아이가 "엄마 이게 얼마나 짜냐면? 밥이랑 먹어도 짜고, 끝맛도 짜고…", "알았어. 그만해." 맛에 대해 자세히 설명하는 아이의 말에 너무나 화가 났다. 그러지 않아도 속상한데 왜 자꾸 이야기하는지 싫었다. 찌개 먹지 말라고 하고 치우고 싶었다. 하지만 참고 "물을 더 넣을까?"라고 하고 물을 조금 넣고 다시 끓여서 먹었는데 여전히 짜다. 아침부터 기분이 별로였다.

[자녀/마음이 웃는 말]

"엄마 뜨거우니까 조심해."

며칠 전부터 첫째가 몸이 무겁다고 했다. 자꾸 기침이 난다고 했다. 나도 목이 아프고 기침도 나고 자꾸 자고 싶은 생각이 들었다. 요즘 일이 많아 피곤해서 그런가 하고 생각했다. 다음날 첫째가 미열이 나기 시작했다. 병원에 가서 검사받았더니 코로나 양성이었다. 같이 간 나도 혹시나 해서 코로나 검사를 받았더니 역시나 양성이었다.

코로나로 수업이 다 취소되어서 아쉬웠지만 여유가 생긴 것 같아서 좋기도 했다. 첫째와 나는 격리 중이라 둘째를 챙길 수 없어서 걱정되었다. '아빠가 있어서 다행이다' 생각했지만, 남편의 출장으로 둘째 아이를 챙겨줄 수 없게 되었다. 아이가 혼자서 잘할 수 있을까 걱정이 되었는데 아이는 내가 생각했던 것보다 너무나 잘했다. 남편이 없으니 아이가 나를 챙길 수밖에 없었다.

한번은 컵라면을 먹으려고 아이에게 물 좀 끓여달라고 부탁했다. 끓인 물을 가지고 와서 방 앞에 내려놓은 아이는 "엄마 물 뜨거우니까 조심해."라는 말을 하며 돌아갔다. 방에서 그 말을 듣는데 마음이 너무나 따듯했다. '아이가 언제 저렇게 컸지?'라는 생각이 들었다. '왜 그 말이 감동이야?'라고 할지 모르겠지만 난 그 순간 문밖에서 조용히 자기 할 일을 하면서 나를 걱정해주는 그 한마디에 울컥함을 느꼈다. 항상 챙겨줘야 하는 아이인 줄 알았는데. 이렇게 엄마를 생각하는 아이라니 오늘 아이의 그 말 한마디가 나에게 기분 좋은 하루를 선물했다.

2

우정 안에서

[10대/마음이 우는 말]

"내가 할게."

초등학교 때 난 조용한 아이였다. 친구들과 어울려 노는 것도 좋았지만 혼자서 책 읽는 시간을 즐겼다.

어느 날 선생님이 독서 반장을 해 보라고 하셨다. 기분이 좋았다. 근데 내가 대답하기도 전의 옆에 있는 친구가 "선생님 제가 할게요. 얘는 나서서 하는 거 싫어해요. 그렇지?" 난 너무 당황해서 대답도 못 하고 웃어버리고 말았다. 기분이 나빴지만 차마 말하지 못했다. 친구는 내가 부담스러운데 말 못 할까 봐 대신 이야기해 준 거라고 했다.

'나도 하고 싶었는데….' 나는 화가 나서 며칠 친구에게 말을 하지 않았다. 소심한 복수를 한 것이다. 친구는 내가 화가 났다는 것도 모르는 것 같았다. 난 그렇게 혼자 화가 나서 말 안 하고 있다가 스스로 화를 풀고 다시 친구와 예전처럼 지냈다.

가끔은 말 못 하는 내가 너무 싫었다. 그때로 돌아간다면 "선생님 제가 할게요."라고 말하고 싶다. 친구에게 나도 해 보고 싶었고, 친구의 말이 나에게 얼마나 상처가 되었는지도 말해주고 싶다. 내가 말을 하지 않으면 상대방은 모른다는 것도 그래서 꼭 하고 싶은 말은 해야 한다는 것도 지금은 안다. 하지만 여전히 나에게 말은 어렵다.

[10대/마음이 웃는 말]

"그만해 힘들어하잖아."

나는 시골에서 살다가 초등학교 4학년 때 천안으로 이사를 왔다. 처음 학교 가는 날, 너무 떨렸다. 소심하고 조용한 성격의 나는 겁이 났다. 새로운 곳에서 적응이 힘들었다.

첫날 4-1반으로 갔고 선생님이 간단히 소개해주시고 자리에 앉았는데 친구들은 나에게 관심이 많았다. 계속해서 어디서 왔는지 어느 학교에서 왔는지 그 학교는 어떤 곳인지 공부는 잘했는지 등의 질문들을 했다. 조용한 성격의 나는 질문에 하나하나 답을 해줄 수 없었다. 입안에서는 맴도는 말들이 입 밖으로 나오기는 힘들었다. 대답을 안 하자 친구들의 질문은 더욱 많아졌다. 힘들었다.

그때 옆에 앉아 있던 짝꿍이 친구들에게 "그만해 얘가 힘들어하잖아."라고 했다. 난 놀라서 쳐다봤다. 당당한 표정에 단발머리를 한 그 아이는 반장이었다. 반장의 말에 아이들의 질문은 조금 줄어들었다. 반장은 성격도 좋고 활발했으며 친구들과도 잘 어울렸다. 반장은 내가 힘든 일이 생기면 와서 도와주었다.

"적응이 힘들었던 내가 적응할 수 있도록 도와줘서 고마웠어, 반장."

[20대/마음이 우는 말]

"그것도 몰라?"

20대에 나는 친구들과 어울려 노는 것을 좋아했다. 친구는 작은 회사 경리로 아르바이트하고 있었다. 친구가 회사에 아무도 없다고 놀러 오라고 해서 친구와 함께 회사로 찾아갔다. 같이 점심을 먹고 이런저런 이야기를 나누면서 우리는 즐거운 시간을 보내고 있었다.

난 사회에 관심도 없었고 공부도 관심이 없는 상태였다. 가끔 친구들과 이야기하면 모르는 단어들이 있었다. 그럴 때마다 난 "그게 뭔데? 무슨 말이야?" 하고 물어보았다. 그럼 친구들은 자세히 설명해준다. 친구들이니까 미안하거나 창피하다는 생각은 하지 않았다. 다 이해해줄 거로 생각했다.

그날도 친구들과 대화하는데 또 모르는 단어가 나와서 물었다. "그게 뭐야? 무슨 말인데?"라고 하자 항상 자세히 설명해주던 친구가 그날은 "넌 그것도 몰라?"라고 했다. 평소에는 웃으면서 잘 대답해주던 친구였는데. 그래서일까? 친구의 그 말이

집에 올 때까지 아니 하루 종일 나를 괴롭혔다. 친구는 그냥 한 소리일 수 있는데 나에게는 그냥 한 소리로 들리지 않았다. '공부 좀 해라. 그것도 모르니?'라고 하는 것 같았다. 그 일이 있고 난 뒤 책을 보면서 조금씩 공부를 시작했다. 그때는 기분이 나빴지만, 지금은 그 친구에게 감사하다는 생각이 든다.

[20대/마음이 웃는 말]

"생일 축하해."

고등학교 친구가 있다. 그 친구는 항상 나를 잘 챙겨주었다. 그 친구와 내 생일은 하루 차이로 친구의 생일 다음 날이 내 생일이다. 친구는 내 생일을 항상 챙겨주었다.

반면 난 친구들을 세심히 챙기지 못하는 성격이다. 고등학교 친구와는 졸업 후 가끔 연락하다가 연락이 끊겨 버렸다. 그렇게 서로 각자 자기 삶을 살고 있었다. 그러던 어느 날 내 생일 아침에 문자가 왔다. '뭐지?' 하고 문자를 보는데 고등학교 때 친구였다. "금례야 생일 축하해." 전혀 연락을 주고받지 않던 상태에서 받은 문자라 놀랍기도 하고 반갑기도 했다. 그 문자 하나로 기분이 정말 좋았다. 바로 친구에게 연락해서 오랜만에 통화를 했다.

우리는 일 년에 한 번 문자로 이야기한다. 내 생일날 친구는 꼬박꼬박 문자를 주고 있다. 결혼 후 나는 아이들과 신랑의 생일에 미역국을 끓여준다. 하지만 내 생일엔 미역국도 내가 끓여 먹는다. 가끔은 속상하기도 하다. 그럴 때 친구의 문자를 받으면 기분이 좋아진다. 지금도 내 생일에 항상 문자 선물을 주는 친구. 다음 생일에는 내가 먼저 챙겨야겠다. 친구야 고마워.

[30대/마음이 우는 말]

"거기 힘들어."

아이가 초등학교 저학년 때이다. 친구가 집으로 놀러 오라고 해서 아이들을 데리고 갔다. 친구의 아이들과 우리 아이들은 같은 학년이라서 자주 만나곤 했다. 남자아이들이라서 운동에 대한 이야기도 많이 했다. 친구 아이는 운동을 잘하는 편이었지만 우리 아이들은 운동신경이 없었다. 그래도 난 운동을 시키고 싶었다.

친구 아들이 다니는 스포츠 센터가 있는데 좋다고 했다. 정보를 얻으려고 물었는데 웬일인지 잘 안 알려주려고 했다. 그러면서 "너희 애들은 힘들어."라고 말했다. 우리 아이들이 운동신경은 없지만 그래도 친구랑 같은 곳에 다니면 좀 더 재미있을 것 같고 그럼 운동이 힘들더라도 잘 다닐 것 같은데 왜 안 된다고 하는 건지 모르겠다. 친구의 말을 듣고 더 이상 물어보지 않았지만 서운했다.

그 후 나는 아이들을 동네에 있는 스포츠센터에 보냈다. 아이 친구들을 모아서 같이 다닐 수 있게 했다. 다행인 건 같이 다니는 친구들이 다 운동신경이 없었다. 비슷한 아이들이라 힘들어하지 않았고 잘 다녔다. 그 친구 아들과 같이 보냈다면 어떻게 됐을까? 하는 생각을 해본다. 그래도 그렇지 왜 우리 아들은 안 된다는 건지 다시 생각해도 기분이 나빴다.

[30대/마음이 웃는 말]

"금례야"

결혼하기 전에는 내 이름을 싫어했다. 항상 가명이나 애칭을 사용했다. 누구나 내 이름을 들으면 할머니 이름 같다면서 놀리기도 했다. 난 이름이 두 개가 있다. 집에서 부르는 이름과 사회에서 부르는 이름이 다르다.

고등학교 때 학교 선배가 "금례야 너 이름이 또 있다며? 뭐야?"라고 물었다. 난 "응 이름 또 있어. 집에서는 손수애야."라고 말하자마자 선배가 웃기 시작했다. 너무 당황스러웠다. '왜?'라고 생각하고 있는데 선배는 "야 어떻게 집에서 부르는 이름도 그렇게 촌스럽니? 너무 웃기잖아."라고 하는 것이다. 기분이 별로였다. 항상 내 이름을 듣는 사람들의 반응은 비슷했다. 그래서 나는 내 이름이 싫었다.

결혼 후 나는 ○○의 엄마라는 이름으로 불린다. 이젠 누구의 엄마도 좋지만 내 이름을 누군가가 불러주면 좋겠다는 생각도 든다. 그래서일까? 언제부터인가 새로운 친구를 만나면 나는 이렇게 말한다. “누구 엄마이기도 하지만 난 손금례야. 날 금례라고 불러줬으면 좋겠어.” 친구들을 지금도 말한다. “금례야 넌 그때 당당해 보였어! 그 모습이 생생하게 기억나.”

결혼 전 싫었던 내 이름이 이제는 나에게 힘을 주는 것 같다. 난 “금례야”라고 불러주면 기분이 좋다. 누구의 엄마이기도 하지만 난 손금례이다.

3

사회 안에서

[선배/마음이 우는 말]

"죄송합니다."

늦은 나이에 꿈이 생겼다. 꿈을 위해 대학교에 다니게 되었다. 졸업하려면 실습해야 했다. 학교 선배가 하는 청소년센터에서 실습하게 되었다.

실습하는 날 청소년센터에서 출력해야 하는 일이 있어서 사무실에 가서 "죄송합니다. 혹시 출력해도 될까요?"라고 물었다. "네. 그럼요. 언제든지 사용하세요. 뭐가 죄송해요. 자신 있게 들어와서 사용해도 돼요."라고 하셨다. 기분 좋게 출력하고 실습 강의를 듣는데 학교 선배이자 실습생 지도 강사님이 들어오시면서 "오늘은 수업하기 전 게임을 할 거예요. 청소년들과 할 수 있는 자신감 높이기 게임입니다. 보니까 너무 자신감이 없으신 분들이 계신 것 같아요. 자신감 있게 하자고요."라고 말씀하셨다. '어? 나보고 하신 말씀인가?' 하는 생각이 들었다.

난 "죄송합니다. 감사합니다."라는 말을 자주 사용한다. 자신감이 없어서 그런 것은 아닌데 그런 오해를 할 수 있겠다 싶었다. 그런 말을 좀 줄여야 할까? 그런 말을 쓰면 사람들 날 자신감 없는 사람으로 볼까? 여전히 고민이다. 고민하는 중에도 난 여전히 '죄송합니다. 감사합니다.'를 쓰고 있다.

[선생님/마음이 웃는 말]

"아이 잘할 거예요."

큰애가 초등학교 3학년 때, 나는 도서관에서 봉사하느라 자주 집을 비웠다. 큰애는 내가 올 때까지 집에서 동생과 같이 있었다. 그 시간이 너무 힘들었는지 큰애에게 갑자기 분리 불안이 생겼다. 아이는 하루 종일 엄마만 찾았다. 계속 전화하는 아이는 내가 수업으로 전화를 못 받으면 울기 시작한다. 계속 울어서 결국 담임선생님이 전화하시기도 했다.

아이의 학교생활은 엉망이었다. 학교에서 시험을 봐도 백지로 내고, 교실 뒤에 있는 게시판을 엉망으로 만들어 버리기도 했다. 아이가 이렇게 된 게 나 때문인 것 같아 너무나 속상했다. 모든 일을 그만두고 집에서 아이에게만 집중해야 하나 싶기도 했다.

그렇게 3학년이 지나고 4학년이 되었다. 선생님 상담을 하러 갔는데, 학교생활이 안 좋았던 큰애가 어떤 아이인지 궁금하다고 선생님이 말씀하셨다. 선생님이 힘내라고 하시면서 학교에서도 집에서도 집중적으로 아이를 살펴보자고 하셨다. 그러고는 "어머니 아이 잘할 거예요. 힘내시고 같이 해 봐요."라고 하셨다. 그 순간 눈물이 흘렀다. 힘들었던 내 마음을 토닥토닥 해주는 것 같았다. 정말 감사했다. 4학년을 지나면서 아이는 차츰 좋아졌고 지금은 언제 그랬냐는 듯이 싱글싱글 웃어주고 장난도 치며 잘 지내고 있다.

[직장/마음이 우는 말]

"그냥 시간 때우러 오시는 것 같아요."

학교에서 수업한 지 3년이 지날 때쯤이었다. 초등학교 돌봄 교실에서 수업하고 나오는데 돌봄 선생님이 나를 불렀다. "선생님 수업을 보면 그냥 시간 때우러 오시는 거 같아요. 수업에 신경을 더 써주시면 좋겠어요. 재미가 없어요."라고 하셨다. 너무나 충격이었다. 나름 열심히 한다고 했는데 어떻게 저렇게 생각하셨지? 너무나 힘든 하루였다. 아마 나를 싫어해서 그런 말씀을 하신 건 아닐까? 하는 생각도 들었다.

며칠을 고민했다. 무엇이 문제인지, 다른 선생님들은 어떻게 수업하는지 궁금했다. 독서 동아리 선생님들께 내 수업에 문제가 있는지 물어봤다. 독서 동아리 선생님들하고는 같이 수업도 하므로 내 수업에 대해 잘 알고 계신 분들이다. 동아리 선생님들은 내 수업이 괜찮다고 긍정적인 대답을 해주셨다. 누가 그런 말을 했는지 이해가 안 간다고 하셨다. 돌봄 선생님의 말씀이 나를 계속 괴롭혔다. 나는 도저히 안 되겠다 싶어서 처음부터 다시 배워야겠다는 생각이 들었다.

여기저기 알아보고 독서 수업 관련 강의를 찾아 듣기도 했다. 문제점을 찾아야 했다. 내가 요즘 너무 자만했나? 싶기도 했다. 초심으로 돌아가자는 생각도 들었다. 그때 돌봄 선생님의 충고를 듣고 기분이 너무 나빴지만, 시간이 지나 나를 돌아보게 되었고 좀 더 좋은 수업을 할 수 있게 된 것 같아서 감사한 마음도 든다. 수업을 한 지 8년째인 지금도 공부는 꾸준히 하고 있다. 좀 더 알차고 재미있는 수업을 하기 위해서 말이다.

[직장/마음이 웃는 말]

"선생님 내년에도 또 봐요."

결혼하고 아이들을 키우면서 관심을 두게 된 책. 책은 보면 볼수록 재미있고 감동을 준다. 많은 아이가 책을 좋아했으면 좋겠다는 생각으로 초등학교에서 독서 지도를 하고 있다. 모든 수업이 겨울방학 전에 끝이 난다.

며칠 전에 마지막 수업을 하고 나오는데 한 학생이 따라 나왔다. "선생님" 하고 불러서 쳐다보니 와서 나를 꼭 안아주었다.

너무 놀라기도 하고 기쁘면서도 가슴이 벅찼다. 나는 아이를 토닥이면서 "고마워"라고 말했다. 한참을 안고 있던 아이가 "선생님 내년에도 또 봐요."라고 한다. 아이의 이 한마디가 나를 울컥하게 했다. "그래 선생님도 그랬으면 좋겠다. 고마워."라고 해줬다.

수업을 나가면서 힘이 들 때도 있지만 이렇게 학생들이 내 수업을 좋아해 주는 모습을 보면 정말 많이 힘이 난다. 그래서 힘들어도 이 일을 계속하게 되는 것 같다. "고마워 내년에도 또 보자."

[이웃/마음이 우는 말]

"그 자격증 나도 있는데"

아이를 키우면서 아이에게 어떻게 하면 재미있게 책을 읽어 줄 수 있을까? 하는 고민이 생겼다. 그렇게 독서 논술 공부를 하게 되었다.

1년 동안 공부하고 자격증을 받게 되었다. 어느 날 이웃 엄마와 이야기를 나누면서 나는 곧 자격증을 받는다는 생각에 자랑하듯이 이야기했는데 그분이 "독서 논술? 그거 나도 있는데 사용을 못 하고 있어요. 그 자격증 사용할 곳이 별로 없어요."라고 하는 거다. 그분의 말에 힘이 빠졌다. 다시는 이야기하고 싶지 않았다. 그 뒤로 나는 독서 논술 자격증에 관해 이야기를 잘 하지 않았다.

나는 내 노력을 헛되게 만들고 싶지 않았다. 자격증을 받은 뒤 도서관이나 학교에 재능기부로 봉사를 시작했다. 계속되는 봉사는 나도 힘들고 집에 있는 아이들에게도 힘든 시간이었다. 나를 믿어주고 기다려주는 신랑과 아이들이 있어서 해낼 수 있었다.

큰애 학교에서 참관수업이 있던 날, 학교에 가서 아이 수업하는 모습을 보다가 내 수업이 있어서 중간에 나왔다. 이웃 엄마가 우리 아이 사진과 함께 "언니 아이가 엄마를 자랑스럽게 생각하고 있는 거 같아요. 옆 친구에게 우리 엄마 지금 수업하러 갔다며 우리 엄마도 선생님이야. 하고 웃더라고요."라는 메시지를 보내왔다. 정말 기분이 좋았다. 나도 잘하고 있다는 생각이 들었다. 자격증이 있다던 그분에게 한마디 해주고 싶다. "전 그 자격증 잘 사용하고 있어요."라고 말이다.

[이웃/마음이 웃는 말]

"웃는 모습이 참 예뻐"

나는 잘 웃는 편이다. 항상 무엇을 하든 잘 웃는다. 난 감정 표현을 잘 못한다. 그러다 보니 모든 걸 웃는 것으로 표현하는 것 같다. 가끔은 웃지 않아야 할 일에도 웃음으로 모면하려고 한다. 자주 웃으니 실없어 보이는 것 같아 웃는 것을 참아보려고도 했다. 웃음 속에 나를 숨기려고 하는 것 같아 싫었다. 고치려고도 해 봤지만 잘 안 되었다. 그래서 지금은 그냥 웃는다.

실없이 웃는 내가 싫었는데 그 웃음이 요즘은 나를 기분 좋게 한다. 주위 많은 분이 "웃는 모습이 참 예뻐요. 어쩜 그리 해맑게 웃어요? 너무 좋아요. 웃는 모습을 보면 기분이 좋아져요."라고 한다. 단점이라고 생각했었는데 이제는 장점이 되어버렸다. 이제는 나를 잘 웃는 사람으로 소개한다. 전에는 남을 위해 웃었다면 이제 나를 위해 밝게 웃어주고 싶다. 이제 나에게 말한다. “괜찮아 지금처럼 웃어도 돼.”

에필로그

* 감사 인사

여기 각양각색 9명의 작가의 말 한마디가 모여 글이 되고 책이 되었다. 이 글을 읽고 계신 독자님들, 책이 되기까지 같이 애써주신 모두의 가족분들, 응답하라 공저팀, 비폭력 대화 모임, 글쓰기 특강, 추천사, 출판사 관계자 모든 분께 진심으로 감사함을 전하고 싶다.

- 공저 10기 일동 드림

금소니

누군가의 말 한마디가 그 사람에게 어떻게 기억될 것인가? 처음에는 글을 쓰면서 마음이 우는 말을 굳이 생각해내야 할까 싶었다. 잊고 지내던 말들을 꺼내 보고 인식하고 나서야 자기반성과 성찰에 이를 수 있었다. 나도 누군가의 마음에 돌을 던지는 말을 했을 것이다. 이제 그 돌을 쌓아 소원탑을 만들 듯 따뜻한 온기로 미소 짓는 언어들로 일상을 채워나가야겠다. 고마워. 사랑해.

김시원

사소한 말 한마디가 누군가에게는 상처가 되기도 하고, 인생을 바꾸는 큰 힘이 되기도 한다. 사소하지만 결코 사소하지 않은 말들로 울고 웃는 사람들. 나 또한 그래왔기에 가슴 깊이 담아두었던 말들을 꺼내 찬찬히 되뇌어보고 모난 감정을 둥글게 다듬었다. 덕분에 서른한 살 겨울, 닫혀 있던 창을 열고 복잡한 마음을 글로써 환기해 보는 시간을 가졌다.

홍주희

한 번 내뱉은 말은 다시 주워 담을 수 없다는 것을 알면서도, 우리는 말 때문에 상처받아 울고 또 말 덕분에 위로받아 미소 짓는다. 상대방의 말뿐만 아니라 내 말도 누군가에겐 상처가 되고 또 누군가에겐 기쁨이 되었을 것이다. 웃고 울었던 말과의 만남을 통해 말의 의미를 다시금 마음에 새긴다. 따뜻한 말로 아픈 사람들의 마음까지도 품고 싶다.

이은미

지난 과거를 떠올리자, 많은 사람과 말이 흘러나왔다. 그때는 그 말이 어떤 힘이 있는 줄도 모르고 지나왔다. 지금 다시 돌이켜 보니 어떤 말은 목에 가시처럼 남아 나를 더 나아가지 못하게도 하고, 어떤 말은 나를 나답게 살아갈 자양분이 되어주기도 했다. “말조심”이라는 말처럼 나의 말이 상대에게 족쇄가 될 수도, 자유가 될 수도 있음을 마음 깊이 깨달았다.

강경희

말에도 온도가 있다. 사람마다 느끼는 온도는 모두 다르다. 지난 시간을 되돌아보며 마음이 머무는 곳을 바라보았다. 상대의 말 한마디에 다양한 감정이 피어올랐다. 한결같이 내 안의 욕구가 있었음을 알게 되었다. '당신이 하는 다음 말이 당신의 세상을 바꿉니다.'를 깊이 새겼다. 내가 먼저 따스한 말의 향기를 퍼뜨리며 세상이 좀 더 아름다워지기를 희망한다.

김영미

서로 좋은 말을 나누며 제대로 된 소통을 하고 싶다는 바람이 있었다. 마침 말에 대해 함께 글을 쓰는 자리가 마련되어 선뜻 용기를 냈다. 생각이 가는 대로 술술 활자로 옮겨질 줄 알았는데, 글을 쓴다는 것이 이렇게 신경이 쓰이고 시간이 걸리고 에너지가 소모되는 일인지 몰랐다. 멋모르고 시작한 마음의 글이 빛을 머금게 되는 행운을 만나게 되어 기쁘다. 이제 가벼운 마음으로 따끈한 유자차나 한잔해야겠다.

장정이

효과적인 인간관계를 유지할 수 있는 강력한 도구는 언어이다. 더 나은 가족관계, 인간관계를 얻기 위해서는 언어의 장벽을 뛰어넘어 서로 연결하는 언어를 사용해야 한다. 사람을 웃고 울게 만드는 생생한 이야기로 엮어낸 이 책에는 언어를 통해 인간관계를 성장시키는 통찰과 지혜가 담겨 있다.

남채화

글을 쓰는 내내 '나를 만나는 여행'을 한 기분이었다. 마음 어딘가에 감춰 둔 마음을 울렸던 말을 꺼내어 글로 쓰니, 마음이 치유되고 미소 짓고 있는 나를 발견했다. 사라져버리는 듯하지만, 이렇게 글로 쓰니 말 공부와 마음공부를 함께한 기분이기도 했다. 이 소중한 기회를 시작할 수 있게 해주신 모든 작가님께 감사의 마음을 전한다. 앞으로 누군가의 기억 속에 미소를 짓게 하는 말을 많이 남기는 사람이 되어야겠다는 다짐도 해 본다.

손금례

아무 생각 없이 내뱉은 말이 어떤 상처를 주는지 알지 못하는 경우가 많다. 가까운 사람일수록 말을 더욱 조심해야 한다. '가까우니까 괜찮겠지.' 이 생각이 서로를 멀어지게 한다. 나의 어떤 말이 누군가에게는 우는 말이 되고 누군가에게는 웃는 말이 되듯이, 항상 상대를 생각하면서 배려하는 말이 필요하다.

부록

* 응답하라 공저팀 신념과 연혁

[신념] "주부도 경력이다!"

사람을 세상에 내어놓고 티 안 나는 집안일들로 가정을 움직이게 하는 우리 주부는 애들 키워내고 세상에 나가면 소위 경단녀라 불리는 '경력 단절 여성'이 된다. 매일 위대한 일을 해내면서도 우리는 움츠러들고 작아지는, 모든 게 처음인 초년생이 된다. 나랏일 보는 분들의 가치는 높게 평가받지만 가정일 보는 주부의 가치는 스스로뿐만 아니라 대부분의 사람들도 별스럽지 않게 생각한다. 그래서 "주부도 경력이다!"라는 슬로건으로 안정감 있는 모임, 책 쓰기, 강의로 재미, 의미, 가치를 창출하여 '주부' 본연의 가치를 함께 빛내려 한다.

[연혁]

응답하라 공저팀은 주부 일상, 말, 가족 관련 온라인 모임들로 시작되었고 그 모임들을 공저 1~10기까지 책 쓰기로 연계 진행했다. 공저 1기 출간 후 2년 내에 공저와 개인 전자책으로 220명(중복, 종이책, 전자책 모두 포함)의 출간을 도왔다. 그 모든 과정의 총괄기획은 이루미 대표가 했고 공저 1~7기까지 이윤정 작가가 함께 진행과 코칭을 했다. 공저 6기 중후반부터 권세연 작가가(6기, 8~10기) 기획 진행에 합류했고, 8~10기 코칭은 이고은, 공감팀으로 장유진(6기~10기), 윤미(7기), 오제현(9, 10기), 홍보는 이한나(4~10기) 작가가 함께 진행했다. 공저 책들 중에는 베스트, 교육부 도서로 선정된 것들도 다수 있으며, 베스트 출간뿐 아니라 베스트 인연도 남기고 있다. 2023년 1월 말 현재, 일상 및 가족 시리즈는 각 최대 10명(1인 A4 10장 내외), 핵심주제 시리즈는 최소 50명에서 최대 100명까지(1인당 A4 1장) 모집 예정이다. 공저 11기는 '가족도 경력이다'(가제)를 주제로 한국의 100명 내외의 가족들과 진행 중이다.

2020년 12월 10일 공저 1기(6명) 응답하라 3040주부!(주부 일상 편 1탄)
2021년 9월 1일 공저 2기(9명) 그래도 괜찮아, 가족이니까!(가족 편 1탄)
2021년 11월 9일 공저 3기(16명) 내가 가장 듣고 싶은 말(전자책)
2022년 3월 17일 공저 4기(10명) 오늘도 애쓰셨습니다(주부 일상 편 2탄)
2022년 5월 19일 공저 5기(10명) 우는 말 웃는 말(말 편 1탄)

2022년 5월 10일 공저 6기(57명) 내 인생을 바꾼 사람들(핵심주제 편 1탄)

2022년 9월 30일 공저 7기(13명) 괜찮은 오늘 꿈꾸는 나(주부 일상 편 3탄)

2022년 11월 25일 공저 8기(55명) 내 인생의 첫 기억(핵심주제 편 2탄)

2023년 상반기 출간 예정 공저 9기(10명) 나를 춤추게 하는 가족 교향곡(가족 편 2탄)

2023년 상반기 출간 예정 공저 10기(9명) 당신의 말 한마디에(말 편 2탄)

그 외 개인 전자책 출간 진행 31명

응답하라 공저팀 책 소개

* 주부 일상편 시리즈

가정의 중심이자 입소문의 중심인 3040주부들의 마음 엿보기. '티 안 나는 일상, 티내자, 알리자, 주부도 경력이다!'를 용기 내어 보여준 주부들의 일상과 성장이야기들이다.

- 응답하라 3040주부

힐링맘스/ 값 15,000원/ 2020년 12월 10일 발행

- 오늘도 애쓰셨습니다

선이 외 9명 지음/ 값 15,800원/ 2022년 3월 17일 발행

- 괜찮은 오늘 꿈꾸는 나

서혜란 외 9명 지음/ 값 16,000원/ 2022년 9월 30일 발행

* 가족편 시리즈

자신을 자라게 한 가족을 넘어 스스로를 이해하고 토닥일 수 있게 죽을 때까지 숨기고 싶고 말하고 싶지 않았던 가족 이야기를 담은 책이다.

- 그래도 괜찮아 가족이니까(가족 편 1탄)

온라인 대가족 지음/ 값 15,000원/ 2021년 9월 1일 발행

- 나를 춤추게 하는 가족 교향곡

온라인대가족 지음/ 값 16,000원/ 2023년 3월 발행

* 말편 시리즈

'당신이 하는 다음 말이 당신의 세상을 바꾼다' 마셜B. 로젠버그가 한 말처럼 말의 힘은 강력하다. 그 힘은 자신에게 소중한 사람일수록 사소한 것부터 더 강력해진다. 가까이 있을수록 말 한마디도 예의를 갖추어야 하는 이유이자 이 책들을 추천하는 이유이다.

- 내가 가장 듣고 싶은 말 (전자책)

이루미 외 15명 지음/ 값 3,000원/ 2021년 10월 15일

- 우는 말 웃는 말

김경진 외 9명 지음/ 값 16,000원/ 2022년 5월 19일 발행

* 핵심주제편 시리즈

- 내 인생을 바꾼 사람들

보통 사람들 지음/ 값 12,000원/ 2022년 5월 10일 발행

누군가의 인생을 바꾸고 싶다면 주 고객 주 독자층인 주부들의 인생을 바꾼 사람들의 이야기가 담긴 이 책을 추천한다.

- 내 인생의 첫 기억

보통 사람들 지음/ 값 13,000원/ 2022년 11월 25일 발행

기억 속의 한 사람이 되고 싶고 우리 모두의 시작인 그녀들, 주부들이 선택한 첫 기억을 알고 싶다면 꼭 봐야 하는 책이다.

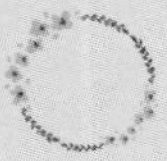